KB193848

언더 더 독

황모과 소설

언더독

PIN
장르
005

ㅂ

차 례

1장. 다운그레이드

철창 안에서 눈을 떴다. 개 식용이 금지된 후 우리 같은 놈들의 주거지로 활용되고 있는 이곳, 개 사육장. 주위를 감싼 작은 개울은 오물 젤리처럼 찐득하게 고여 흐르지 않았다. 손쓸 수 없을 정도로 더러운 이곳의 모든 풍경에 가장 어울리는 존재가 바로 나였다.

태아 유전자 편집을 시술할 돈이 없었던 나의 부모는 자식이 이런 인생을 살다 죽어갈 줄은 상상도 못 했을 거다. 만약 알았다면 동반 자살 시기를 더 앞당겼을지 모른다. 자신이 파멸하는 일도 괴롭지만 자기 혈육이 인간쓰레기가 되어가는 걸 지켜보긴 더 괴로울 테니까. 그렇게 생각하니 일찍 떠난 부모를 원망하지 않을 수 있었다.

"선생님, 안녕하세요?"

누군가 철창 안을 향해 말을 걸었다.

"지금 시간 괜찮으세요, 선생님?"

선생님이라는 표현 탓에 그가 내게 말을 걸고 있다는 걸 바로 알아차리지 못했다.

"저희 팀이 진행하는 비-유전자 편집인 임상 실험에 참여해주시겠어요? 약소하지만 사례하겠습니다."

온화한 표정의 젊은 남자가 정중하게 말을 걸었다. 흰 가운을 입고 있어 의사인 줄 알았다. 나야말로 그를 선생님이라고 불러야 할 것 같았다.

"무슨 실험이십니까?"

나보다 훨씬 어려 보이는 상대를 향해 극존대 표현이 자연스레 튀어나왔다. 흰 가운 선생은 간결하게 설명했다.

"저희 팀은 태아 유전자 편집을 시술받지 않은 인체를 연구하고 있습니다. 이전의 앤티크 타입 세포 중에서 편집인보다 강화성을 보이는 세포를 찾고 있어요. 손톱 크기 정도의 피부 진피 조직을 조금 제공해주시면 되는데요. 채취 시에 마취 크림 발라드릴 거라 아프진 않으실 겁니다. 이후 3회에 걸쳐 재방문해 소독과 처치도 해드립니다."

나는 그의 얼굴을 빤히 바라보았다. 그가 하는 말의 내용보다 태도에 호기심이 일었다. 낮은 자세와 살짝 올려 뜬 눈, 힘 있는 말투를 보며 신망이라는 것이 생기는 조건에 대해 생각했다. 지금 내게는 의견이랄 것이 없었다. 당장 아무런 보상 없이 목숨을 가져가겠다고 해도 그러라고 할 정도다. 그래도 처음 만나는 사람 앞이라 괜한 자존심을 부려보았다.

"대가가 뭡니까?"

식사와 소정의 사례금이라는 답이 깍듯하게 돌아왔다. 오랜만에 예의 바른 인간을 만나니 괜히 어색하면서도 반가웠다. 그도 편집인일까?

고상함도 편집 시술 덕일까, 잠시 쓸데없는 생각
을 하다 고개를 끄덕였다. 철창이 열리고 즉시
팔뚝 피부 채취가 이뤄졌다. 상처는 그다지 깊지
않았다. 죽고 싶어 죽을 것만 같은 고통에 비하
면 통증도 별거 아니었다. 처치가 끝나고 흰 가
운 선생이 떠난 뒤 아쉬운 점을 하나 느꼈다. 그
는 나를 선생님이라 부르긴 했지만 이름을 묻지
않았다. 비-편집인들은 개별 이름을 드러낼 필
요가 없다. 비-편집인이라는 호명될 이름이 따
로 정해져 있으니.

　그날 사육장은 꽤 왁자지껄했다. 나 말고도 이
구역에 머무는 많은 이가 피부조직을 제공한 모
양이었다. 연구소에서 사례로 보내줬다는 음식
이 푸짐하게 유입되었다. 구수하고 달콤한 음식
냄새가 사방을 가득 채웠다. 소주까지 한 모금
마시니 한숨이 터졌다. 죽으려던 결심을 하루 미
뤄 다행이다, 안도할 정도로 맛이 좋았다. 동시에
기분이 묘했다. 내 상갓집에 미리 온 것 같달까.

　떠들썩한 분위기에 옆방 남자가 오랜만에 움
직였다. 언제나 반죽 덩어리처럼 가만히 놓여 있

었는데 아직 죽지 않았음을 입증하듯 꿈틀했다. 더벅머리를 코앞까지 늘어트리고 있어서 그의 얼굴은 본 적이 없었다. 나이도, 살아온 전력도 몰랐다. 이름은 더더욱 몰랐으니 비-편집인이 확실했다. 그늘진 얼굴 아래 천천히 오물거리는 입을 보며 그도 무언가를 탐하는 인간임을 비로소 헤아렸다.

내 앞방 사람은 노쇠했다. 잠든 모습을 보면 드디어 죽었구나, 순순히 수긍할 정도였다. 유전자 편집 시술이 보편화된 시기를 고려하면 그는 비-편집인이 아니라 빈곤한 독거노인이었다. 이곳의 노인들은 서로를 향해 얼른 죽으라고 인사하곤 했다. 덕담이었다. 노인들과 스칠 때마다 나는 얼른 죽어야겠다고 다짐했다. 늙기 전에 죽는 일이야말로 청년으로서 내가 품을 수 있는 유일한 패기였다.

'내 인생, 어쩌다 이렇게 됐나…….'

태어난 순간부터 막다른 삶이었고 나이 서른도 안 되어 완벽한 막장이었다. 나 같은 비-편집아의 눈으로 보면 유전자 편집을 시술받고 태어난 아이들은 마치 초능력자 같았다. 체력과 지성이 월등하게 좋은 것은 유전자 덕이려니 싶었는데 인품마저 훌륭했다. 인성은 유전적인 게 아니라 사회적인 산물이라고 들었지만 믿을 수 없었다. 익히 아는 사실까지 냉소하다 자학이 천성이 됐다.

사실 수업 중에 졸거나 집중력이 나쁜 애들, 성적이 나쁜 데다가 나쁜 짓만 골라서 하는 애들은 거의 다 나처럼 비-편집아들이었다. 우리는 유전적으로 인성이 나쁜 걸까, 사회적으로 나빠진 것일까? 무엇이 진실이든 간에 나로선 어쩔 수 없었다. 비-편집아의 유전적 특징이라고 불리는 칼귀와 붉은 기가 도는 눈동자 같은 것도 정말로 열등 인자 때문인지 그냥 소문인지 나로선 알 수도 없고 어쩔 수도 없는 일이었으니. 불행한 일은 내가 칼귀와 붉은 눈동자를 가졌다는 점이다. 나의 부모는 나를 성형수술을 시킬 돈도 없었거니와, 액운이 잦아들길 기원하며 종교인에게 바칠 돈도 없었다. 그 바람에 나의 불행도 명분을 갖췄다.

교사들도 우리 같은 비-편집아들은 안중에 없었다. 한 반에 비-편집아들은 서너 명 정도였다. 수도 적었고 특별히 우대해야 할 이유도 없었다.

편집아들을 보며 부럽다는 생각은 해본 적이 없었다. 그 애들처럼 되고 싶다는 욕구도 없었고 나는 왜 편집아로 태어나지 못했나, 하는 원망도 없었다. 부모를 졸라 늦게라도 뭔가 해보고 싶다는 꿈도 꿔본 적이 없을뿐더러, 후천적 노력을 통해 그 애들을 따라잡을 수 있으리라는 망상조차 하지 않았다. 어린 내가 봐도 명백할 만큼 나는 열등했으니까. 아등바등하는 마음조차 일찌감치 고요해졌다. 그게 현명했다. 의무교육을 끝낸 뒤 비-편집아들은 대부분 폐인이 되었다. 일자리는 없었고 사회에 편입될 여타의 기회도 없었다. 애초 경제적 이유로 태아 유전자 편집 시술을 받지 못한 아이들이라 부모의 자산에 기댈 수 있는 애도 없었다.

나는 어릴 때부터 부친에게 차액 투자와 환율 투기를 배웠다. 부친은 거품경제가 붕괴하는 순간 피해자가 손을 놓은 자산에 투자하는 것만이 우리 같은 자들의 생존 전략이라고 말했다. 그 옛날, 가치가 폭등한 가상화폐가 있었다는 부친의 말은 역사적 팩트였고, 부친이 가진 무형의 마이너 자산이 곧 급등할 거라는 말은 예언이었다. 부친에게 전수받은 투자 비법만이 내겐 생존 배낭이었다. 투자 상품 몇 개는 아직도 끌어안고 있다. 비록 지금은 코딱지보다도 값어치가 없지만 계좌 정보와 지문이 있는 한 언젠가 인생 역전도 가능하다는 믿음이 부친이 내게 물려준 유일한 유산이었다.

폭등과 반등을 기다리던 어느 날, 부친은 어머니를 설득해 동반 자살했다. 마지막 길에 나를 동행시키지 않은 건 부성애 때문은 아닐 거다. 부친은 죽으러 가면서도 언젠가 반등할 마이너 투자 상품을 떠올렸고 나는 부친의 유지를 이어받아 그걸 확인해야 했다. 그 '언젠가'가 결코 오지 않을 순간임을 확신한 지금, 살아남은 건 패착이 되었다. 부친의 유지 따위 저버리고 둘을 따라나서야 했다.

미성년 시절 줄곧 보육원에 머물렀다. 성인이 된 후로는 사설 거주지 몇 곳을 거쳐 결국 이곳에 흘러왔다. 비-편집인 중에서도 거액의 빚이 있거나 한층 더 밑바닥인 인간들이 마지막으로 오는 곳이 사육장이었다. 패배자를 언더독이라고 부른다던데 이곳이 이전에 개 사육장이었다는 것을 듣고 보니 비-편집인들을 언더독 이하라고 칭하던 사람들의 비릿한 저의가 체감되었다. 요즘은 개들이 나보다 훨씬 인간적인 대우를 받고 산다.

철창 칸막이 안에서 종일 잠을 청했다. 철창은 잠겨 있지 않았지만 아무도 밖으로 나가지 않았다. 강화 시술을 받지 않은 피부와 허파로는 실외를 걷는 것조차 위험했다. 이곳에 들어온 순간, 끝이 확정된다.

다음 날 작은 행운이 하나 벌줌 찾아왔다. 사소한 해프닝이었지만 죽으려던 내게는 어마어마한 행운인 것만 같았다.

"선생님, 추가로 피부조직을 제공해줄 수 있으

신지요?"

흰 가운 선생이 나를 찾았다. 다른 이들에게도 같은 제안을 했을 줄 알았는데 그는 나만 찾아왔다고 귀띔했다. 조금 놀랐고 솔직히 기뻤다.

"어려울 것 없습니다."

애써 담담한 척했지만 몹시 가슴이 뛰었다. 흰 가운 선생이 나타난 것이 내 인생 최초이자 마지막 급등주가 아닐까? 이후로도 서너 번 더 손톱 크기의 피부조직을 제공하고 근사한 식사를 독점했다. 주변 사람들에게 남은 식사를 나눠주는 호기마저 부렸다. 옆방 더벅머리 남자가 머리카락 사이로 눈을 빛내며 유난히 부러워했다.

채취가 다 끝나자 무척 서글펐다. 마취 크림을 바르고 대기하는 시간이 몇 번 있었음에도 흰 가운 선생은 여전히 내 이름을 묻지 않았으니.

그래도 주변 사람들의 부러움을 받는 건 기분 좋은 일이었다. 이대로 죽는다면 인생의 정점에서 마지막을 맞을 거라는 생각에 설렜다. 암담한 일상에 찾아온 작은 행운을 무시무시한 축복으로 느꼈다. 지금 죽을 수 있다면 그만한 행복이 없을 것 같았다. 마지막 순간을 자꾸 미루고 있었는데 드디어 죽을 이유를 찾았다.

위쪽 철창에 단단히 줄을 달고 둥근 원 안에 고개를 넣었다. 버둥거리는 발끝에 닿지 않도록 가지고 있던 소지품을 모두 한곳으로 치웠다. 옷가지와 얇은 이불, 신분증과 통장, 봉분으로도 보이지 않을 만큼 납작한 세간. 간소한 유품이었다. 발을 박차며 주먹만 한 원 안에 목숨을 맡기려던 순간, 등 뒤에서 목소리가 들려왔다.

"선생님! 제가 선생님의 인생을 사겠습니다. 부디 멈춰주세요."

환청이 아니었다. 흰 가운 선생이 등 뒤에 서 있었다. 줄곧 나를 지켜본 모양이었다. 나는 작은 원 안에 목을 건 채로 그에게 물었다. 불확실한 주식에 베팅할 때처럼 심장이 두근거렸다. 너무나도 궁금했던 바로 그 질문이었다.

"선생님, 이름이 뭡니까?"

"소개가 늦어 죄송합니다. 노아입니다."

그의 이름을 듣고 나도 이름을 밝혔다.

"저는 한정민이라고 합니다."

그가 물어봐주길 기다리다 내가 먼저 말해버렸다. 타인의 이름을 알고, 그에게 내 이름을 알려준 일이 얼마 만인가 떠올리다 조금 울컥했다. 원에서 고개를 빼고 지면에 발을 내려놓았다.

-2

노아가 소속된 연구소 기숙사로 거처를 옮긴 뒤 추가로 피부를 제공했다. 그 후 몇 가지 제안을 받아 임상 실험 대상자로 여러 프로젝트에 참여하며 피부뿐 아니라 장기 조직까지 제공했다. 연구원들은 모두 우아할 정도로 친절했다. 비-편집인 중에서도 내 피부조직이 특별한 강화성을 보인다는 얘기를 들었는데 나의 유용함 때문에 친절히 대하는 건가 싶었다.

노아의 설명에 의하면 유전자 편집인 중 돌연변이가 등장했다고 한다. 최근 편집인에게 취약한 감염병이 세계적으로 확산되었고 95퍼센트 이상의 편집인이 생존을 위협받는 상황이었다. 대책 마련을 위해 여러 임상이 시도되고 있었다.

나는 담담하게 설명을 들었다. 그가 말하는 전 인류의 위협이 내게는 전혀 절박하게 들리지 않았다. 내 삶을 위협하는 일도 저 95퍼센트에겐 절대로 절박하지 않을 터이니 서로에겐 똑같은 일이었다.

비-편집인의 앤티크 생체가, 그중에서도 내가 가진 고유함이 저들의 연구에 중요하다는 말은 아무래도 거짓말 같았다. 그런 게 있다면, 그 사실을 일찍 알았다면 우리 가족의 운명은 달라졌을까? 누구도 개입하지 않았던 나의 본모습에 상품 가치가 있었다면 내가 타고난 모습 그대로가 우리 가족에게 급등주였다는 거다. 부모도 아직 살아 있을 거고……. 그렇다면 거짓말이어야 했다. 그게 정말 진실인지 진위를 따지고 싶지도, 상세히 들여다보고 싶지도 않았다.

내 마음을 알아차린 건지, 아니면 내 유용함을 인정하지 않는 건지, 연구소 사람들도 나를 그다지 추켜세우지 않았다. 나를 투명 인간처럼 취급해주었는데 그 덕에 마음은 편했다.

피부조직과 장기 조직 채취가 반복되었고 전

신마취와 회복도 여러 번 반복되었다. 내게는 전에 없던 환경이 허락됐다. 작은 방과 깨끗한 침구, 단출하지만 깔끔한 가구, 여가를 위한 시설까지. 하지만 아무런 감흥이 없었다. 깨끗한 실험실 안, 비커 속에 담긴 쥐가 된 기분이었다. 실험 쥐가 인간의 불치병을 치료하는 데에 획기적으로 공헌했다고 한들 인간과 같은 대우를 받을 리 없으니 말이다.

나는 신장 하나와 골수도 기증했다. 생명 유지만 가능한 수준으로 장기를 모조리 팔아넘겼다. 평생 보지 못한 거액의 돈을 받았다. 거금이었지만 내겐 의미가 없었다. 내가 참여한 연구가 편집인의 취약성 보강에는 도움이 됐을지 모르나 그 보수는 비-편집인을 위한 강화 시술 비용을 치르기엔 턱없이 모자랐다. 인류를 위한 프로젝트에 기여했다고 해도 정작 내가 받을 수 있는 혜택은 없으니 무의미한 숫자였다.

연구소에 머무는 동안 순식간에 머리가 하얗게 세었고 거울 속 얼굴에 생기가 사라졌다. 문득 수명이 얼마 남지 않았다는 걸 깨달았다.

노아가 내 방을 찾아왔다.

"정민 선생님, 두 가지 제안이 있습니다."

통성명을 한 후에도 그는 늘 이름 뒤에 선생이라는 호칭을 붙여 나를 불렀다.

"뭡니까?"

"하나는 외부 환경을 차단한 요양원으로 가시는 겁니다. 쾌적하고 안락하실 겁니다."

'안락…….'

편안한 환경보다는 안락한 죽음을 먼저 연상시키는 말이었다.

사실 요양 시설도 사육장과 별 차이 없을 거였다. 오염된 환경은 차단될 테지만 작은 공간에 갇혀서 죽을 날을 기다리는 건, 그리고 외로움을 견뎌야 하는 건 사육장과 다르지 않을 것이다. 충분히 예상할 수 있었다.

나는 그의 두 번째 제안을 잠자코 재촉했다.

"다른 하나는 새로운 프로젝트에 참여하시는 겁니다."

그의 두 번째 제안에 훨씬 마음이 갔지만 이번에도 젠체하며 임상 실험 내용과 조건을 물었다. 신체 신축 실험이라고 했다. 이 임상에 참여한다면 아직 상용화되지 않은 후천적 유전자 편집 시술을 집도해주겠다는 조건까지 내걸었다.

"그런데 정민 선생님, 이번엔 리스크가 꽤 큽니다. 그에 비례해 보수가 큰 거고요."

솔직한 표현을 듣자 더 솔깃했다. 우리 같은 비-편집인에게 리스크가 작은 일은 없었다. 살아 있는 내내 그랬고, 여기 오기 전에도 이후에도 마찬가지였다. 어차피 어떤 선택을 하든 결론이 죽음뿐이라면 내가 무언가를 선택할 권리가 있기나 할까?

그래도 상황이 조금은 나아질지도 모른다는 일말의 가능성이 있다면 선택하고 싶었다. 마음 어딘가에 기대감이 맺히는 걸 몸소 자각하고 싶었다. 설령 근거 없는 착각일지라도 적어도 그걸 선택하는 순간 살아 있다는 실감을 느낄 터였다. 그걸 권리라고 말하고 싶었다. 그런 뒤에 죽고 싶었다. 아, 나는 죽으러 가는 길에도 고상한 걸 소원한다. 쉽게 죽는 것도 글러먹었다.

새로운 프로젝트가 시작되었고 정체불명의 방사능 물질을 대량으로 쐬었다. 노아 말고도 많은 연구원이 내 몸을 상세히 관찰했다. 처음으로 혼자 있고 싶다는 생각이 들었고 새로운 감정을 깨닫게 해줘 감사할 지경이었다.

체력이 현저히 떨어졌다. 이미 장기가 손실된 바람에 회복이 더뎠다. 임상 실험에 참여하는 것쯤, 먼 미래의 수명을 떼어 현재를 산 거라 해석했는데 그게 아니었다. 나는 그냥 현재를 팔아먹은 것이었다. 현재를 다 팔았으니 가까운 미래도 먼 미래도 찾아올 리가 없었다.

극심한 고통이 온몸을 덮쳐 왔다. 조용히 사라지고 싶었던 계획은 사치스러운 일이 되었다. 마음의 상처와 고통, 죽을 것처럼 슬프던 일들은 몸의 고통에 비하면 가려운 감각에 불과했다. 나는 이렇게 아프단 얘기는 미리 듣지 못했다고 악을 썼다. 노아는 이 모진 고통을 통틀어 그저 리스크라고만 했다. 그게 얼마나 태평스러운 말인지……! 뒤늦게 배신감을 느꼈다. 내게 리스크는 죽음이라는 결론뿐이었다. 금방 죽지 못하는 상황, 죽음을 향해 가는 지난한 과정은 미처 상상하지 못했다.

"선생님, 모르핀 농도를 조금만 더 높이겠습니다. 배뇨 기능에 문제가 생길 수 있습니다."

다 죽게 생겼는데 오줌을 지리든 쏟든 뭐가 문제란 말인가. 나는 노아에게 갖은 욕을 퍼부었다.

"이 개새끼야! 빨리!"

빨리 모르핀을 투여하든지 아니면 차라리 죽이라고 고래고래 소리를 질렀다. 아마도 개미가 내지르는 것 같은 소리였을 테지만.

그를 개라고 욕하다 보니 사육장 안에서 노려보았던 철창이 떠올랐다. 철창 안에 있던 개는 노아가 아니라 나였음을 상기하게 되었다. 상대를 모독하고 싶은 적나라한 마음을 함부로 내보여봤자 결국 나를 향한 모욕이 될 뿐이었다.

잠시 후 천천히 몸이 잠잠해졌다. 이마를 짚는 노아의 손이 느껴졌다. 이상하게도 온 얼굴을 다 덮고도 남을 만큼 손이 컸다. 의식이 몽롱해졌고, 몸과 분리된 자아가 허공에 부유하는 것 같았다.

몸이 아프기 전엔 여러 의문이 있었다. 도대체 무슨 임상인지, 내겐 무슨 영향이 있고, 이를 통해 어떤 결과가 도출되는 건지, 편집인에게 어떤 영향을 끼칠지……. 지금은 아무것도 궁금하지 않았다.

사육장에 들어서던 순간을 꿈꾸듯 곱씹었다. 그게 내 인생의 끝이라고 생각했었다. 철창 안, 습관적으로 죽음을 떠올리며 생의 끝을 맛보고 있었다. 그런데 바닥 아래에 더 깊은 심연이 있었다. 끝 이후에도 끝이 없다는 건 절망이었다. 완전한 바닥, 완전한 끝을 만나고 싶었다. 되도록 빨리.

태어난 걸 비로소 원망했다. 집을 떠나는 부모의 마지막 모습이 떠올랐다. 만약 예정된 출산을 했다면 나의 부모는 태아 유전자 편집을 시도했을까. 정부나 민간 지원금을 받아 에이즈를 비롯한 주요 질병에 자연 항체를 가지도록 시술했을까. 그러다 기왕이면 종합적으로 해두는 게 좋다는 지능 편집과 미용 편집 옵션에도 체크 마크를 그려 넣었을까.

인공지능이 만들어낸 미인상처럼 좌우 균형이 완벽한 주변의 편집아들을 볼 때마다 나는 나를 혐오했다. 삐뚤어진 이목구비와 어딘지 사악해 보이는 눈매, 아무 감정을 담지 않았는데도 불만이 가득해 보이는 입매를 미워했다. 다른 건 몰라도 미용 편집만이라도 받았다면 편집아인 척 연기라도 했을 텐데…….

부모의 일들을 상상하다 보면 늘 처음으로 거슬러 올라가게 된다. 부친은 어머니를 어떻게 만났을까. 어쩌다 갑작스러운 관계가 됐을까. 왜 예기치 않은 임신을 했을까. 편집 시술을 고려한다면 임신 시기도 신중하게 정했어야 한다. 부친은 어머니를 갑자기 사랑한 걸까. 어머니는 이 모든 불측스러운 변수를 어떻게 자기 삶으로 받아들인 걸까. 자신의 미래를 뒤흔드는 운명을 왜 자기 삶으로 받아들였을까. 과연 어머니의 마지막 결심은 자의일까. 부친의 설득은 동의를 얻었던 게 맞을까.

내게 주식 계좌를 신신당부하고 집을 떠나던 부친의 마지막 모습이 어른거린다. 그 밤, 주차

장으로 향하던 부친은 모든 진실을 짙은 암흑으로 데리고 들어간 것만 같다.

심한 경련이 폭발할 것처럼 일었다. 세상이 크게 흔들렸다. 아니, 나 혼자만 흔들렸음을 잘 알고 있다. 지독하게 혼자라는 걸 아는 것이 내게는 분별이었다.

"정민 선생님, 시간이 얼마 없습니다. 저희에게 기회를 주시겠습니까? 선생님의 마지막 순간을 인류를 위해 쓰게 해주십시오."

인류의 미래 따위 나랑 무슨 상관이라고! 욕지거리를 퍼부었지만 목소리는 나오지 않았다. 그러자 내가 원하는 것을 나보다 더 잘 알고 있다는 듯 노아가 제안했다.

"허락하신다면 저희가 평안을 드리겠습니다."

그게 가능하다면 한번 해보시지. 부처님 손바닥인 양 커다랗기만 한 그의 손에 볼을 비비다 눈물이 흘렀다.

가까운 곳에서 높은 데시벨의 기계음이 들려왔다. 심장이 정지할 때 나는 그 소리가 분명했다.

"선생님? 한정민 선생님?"

나는 정갈한 서재 같은 곳에서 눈을 떴다. 노아 앞에 똑바로 선 상태였다.

"불편한 점은 없으십니까?"

방금까지 몸을 휘젓던 통증이 깨끗하게 사라졌다. 너무도 편안한 그 지점이 거슬렸다. 노아에게 성큼 다가가 그와 눈을 맞췄다. 나보다 키가 큰 그를 올려다보자니 적대적으로 치뜬 눈으로 보였으리라. 적절한 표정이었다. 나는 노아에게 물었다.

"왜 나를 죽이지 않았지? 죽는 걸 내버려둘 수도 있었잖나?"

노아의 눈빛에 무슨 뜻인가 흐르다 멈추었다. 무심한 표정이지만 무심히 넘길 수 없는 의도가 담겨 있었다.

그의 코앞으로 한 발 불쑥 다가갔다. 고통에 몸부림칠 때 머리통을 전부 감쌀 정도로 커다랗던 그의 손이 보였다. 그 손을 한참 바라보다 알아챘다. 그의 손을 펼쳐 얼굴에 대보았다. 전처럼 얼굴이 덮이지는 않았다.

자기 손에 얼굴을 파묻는 나를 보고도 노아는 뭐 하는 거냐고 묻지 않았다. 화들짝 놀라거나 뒷걸음질 치거나 욕을 해도 이상하지 않았지만 그저 가만히 있었다. 관망하는 듯한 그의 태도가 몹시 언짢았다.

'이래도 가만히 있을 건가?'

그의 머리통을 붙잡고 입을 맞추었다. 물어뜯듯 달려들어 힘껏 입술을 빨았다. 나 같은 놈이 감히 달려들었다는 것에 모욕감을 느끼길 바랐다. 나는 그에게 모욕적인 존재일 테니. 노아는 아무 반응을 보이지 않았다. 기르던 개가 달려들어도 이보단 놀랄 텐데. 거칠고 사납고 억센 인간, 부도덕하고 무모한 인간으로 보이고 싶었지만 무반응한 상대 앞에선 도리가 없었다. 나는 온순한 개처럼 공손히 뒷걸음쳤다.

"불편한 점이 뭔지 알았어. 노아, 당신이 심히 불편하군."

내 말에 노아는 옅게 비웃음을 보였다.

노아의 안내에 이끌려 그의 차를 타고 교외로 이동했다. 집합 주택이 모여 있는 조용한 동네였다. 작은 건물 안으로 들어서자 노아는 간소한 세간과 식료품이 갖춰진 원룸의 문을 열고 내 집이라고 말했다. 창문에서 쏟아지는 햇살이 적당히 따뜻했다. 개인 부담금 일부를 공제했다지만 잔고가 꽤 되는 임상 사례금 통장도 받았다. 장기를 팔아 받았던 돈에 비하면 심하게 떼인 액수였으나 혼자 살기엔 그럭저럭 충분했다. 전의 일들을 잊고 당분간 푹 쉬라는 말과 함께 노아는 연락처를 남기고 떠났다.

방에 앉아 생각했다. 이것은 끝인가 시작인가? 끝없는 끝이 또 시작되는 걸까? 내가 어떤 상태인지 생각했다. 고통이 잦아든 것뿐 아니라 완벽하게 편안했다. 고통스러웠던 임상에 비하면 천국 같았다.

거기서 일상을 시작했고 새로 알게 된 사람들도 생겼다. 이웃 사람들 누구도 나를 미천한 비-편집인으로 대하지 않았다. 밖은 초미세먼지 탓에 줄곧 흐렸지만 특별한 장비나 강화 피부 없이도 외출이 가능했다. 처음 만나는 안전한 환경이었다. 종종 밖에 나가 산책을 했고 산책길에서 만난 사람들과 인사했다. 이웃과 별 의미 없는 잡담을 나누었는데 그조차 푸근했다. 내가 원할 때만 사람을 만나지 않았다. 그동안 원해서 누군가를 안 만났던 것이 아니었다. 투명 인간 취급당하는 일에 마음 편했던 것 역시도 실은 진심이 아니었다. 그저 고독을 즐기는 것처럼 굴었을 뿐이다. 망상과 자기 최면에 도취했던 시절을 나는 점차 비웃을 수 있었다.

가볍게 목례를 건네던 한 이웃과 음식을 나누고 답례를 하다 그의 이름이 유진이라는 걸 알게 됐다. 유진과 날씨 얘기를 하고 커피를 선물했다. 온라인 쇼핑으로 산 것들 중에 필요 없는 물건을 교환하기도 했다. 함께 영화를 보고 산책에 동행했다. 짧은 대화를 나누다 긴 대화를 나눴고 그리고 사랑을 나눴다. 노아에게 다가간 일은 모욕이길 바랐지만 유진에게 다가가는 일은 모욕이 될까 겁났다. 내 존재가 그에게 모욕이 아니라는 것에 간신히 안도했다. 그가 내게 다가온 일은 축복이었다. 유전자 편집 시술에 대한 이야기는 아직 꺼내지 않았으니 피임에는 철저히 임했다.

유진에게 청혼하면서 나는 비-편집인으로 살았던 과거를 밝혔다. 내 아이는 반드시 편집 시술을 시키겠다는 뜻도 신중하게 밝혔다. 자꾸만 울컥하며 붉어진 내 얼굴을 한참 바라보던 유진은 약간 당황한 얼굴로 눈썹을 내리며 웃었다.

"정민 씨, 뭐야. 연쇄살인마라고 고해성사라도 하는 줄 알았잖아."

내 어깨에 이마를 기댄 유진에게 물었다.

"내가 비-편집인인데도 괜찮겠어?"

유진이 고개를 들어 따뜻하게 반문했다.

"무슨 소릴 하는 거야?"

그의 다정한 말에 당황했다. 유진은 이 세상에 편집인, 비-편집인이라는 개념이 없다고 했다.

"그럴 리가……."

너무도 듣고 싶던 이야기였지만 유진의 말이 허언으로만 들렸다. 몸이 뻣뻣해졌다. 피가 돌지 않는 것만 같아 의식적으로 손끝 발끝을 움직였다. 그러다 알아챘다. 발가락 끝이 움직이지 않았다. 어쩐지 너무 행복하다 싶었다. 이건 현실이 아니다. 꿈이라도 꾸는 거다. 어디 병상에 누워 잠들어 있는 걸까? 모르핀 효능이 다 되어가는 건가?

미친놈처럼 발가락이 안 움직인다는 얘기만 중얼거리다 그길로 노아를 찾아갔다. 등 뒤에서 유진이 기다리겠다고 외쳤다. 노아가 알려준 사무실 주소를 찾아 문을 두드렸다. 깔끔한 서재가 보였다. 전에 와본 곳이었다. 노아가 나를 맞았다. 이번에는 선생이라고 부르지는 않았으나 여전히 정중하게 이름을 불렀다.

"정민 씨, 무슨 일인가요? 어디 불편한 거 있으세요?"

그에게 다가가 다짜고짜 멱살을 잡았다.

"모든 게 다 불편해. 이걸 봐. 발가락이 움직이질 않아."

노아는 멱살을 풀어야 볼 수 있다며 나를 진정시켰다. 그러고는 자세를 낮춰 내 발을 얼마간 들여다보더니 문 안으로 들어갔다가 잠시 후 나왔다.

"됐어요. 이제 발가락을 한번 움직여보세요."

노아의 말이 마법의 주문이라도 된 듯 서서히 발가락이 움직이기 시작했다.

"어떻게 한 거야?"

노아는 별일 아니라는 듯 웃더니 근육 이완에 도움이 되는 신경안정제를 조금 투여했다고 말했다. 자기 방에 들어갔다 나왔을 뿐인데 무슨 소리지?

"무슨 헛소리야? 뭘 어떻게 투여했다는 거지?"

노아는 허공을 가리키며 공기 속에 성분이 들어 있다고 답했다. 그렇다면 같은 방에 있는 노아에게도 영향이 있을 텐데 무슨 소린가 싶었지만 곧장 입을 닫았다. 노아는 나와 달리 편집인이었다. 너와 내가 같다는 전제로 의문을 드러내는 일이 몹시 부끄러웠다. 나는 그에게 후천적 시술을 했냐고 물었다. 노아는 비슷하다며 애매하게 답했다. 이곳은 편집 시술 여부가 중요하지 않다고 했다.

"기억하시죠? 제가 정민 씨의 인생을 산다고

했잖아요. 이곳에 오면서 평안을 드리겠다고도 했고요. 불편한 점 있으면 언제든 오세요."

노아는 나를 떠밀어 밖으로 내보냈다.

편집 여부가 중요하지 않은 곳이라고? 그런 곳이 있다니, 있을 수 있다니. 한 번도 생각해본 적이 없었다. 비-편집인도 안전하고 평안할 수 있는 곳이라면 왜 이제야 내게 허락되었나?

의문이 꼬리에 꼬리를 물고 이어졌지만 애써 흘려버리며 노아의 연구실을 나와 유진이 기다리는 집으로 돌아갔다. 애매한 의문을 멀리하자 실체인 유진이 다가왔다.

유진은 내가 집을 나서던 순간과 완전히 똑같은 모습으로 나를 기다리고 있었다. 유진을 오래 끌어안았다. 그의 체온과 촉감, 유진이 애용하는 샴푸 냄새, 숨소리가 전해 왔다. 오물거리는 입매, 발가락의 꼼지락거림까지 바라보았다. 하나씩 하나씩 모두 느꼈다.

뜬금없이 들리겠지만, 하고 운을 뗐다. 아이를 낳는다면 최대한 많은 것을 준비해주고 싶다고 말했다. 예외로 가득 찬 비상한 상황에 아이의 삶을 던져놓지 않고 싶다고도 했다. 내 일이었다고는 한마디도 하지 않았지만 유진은 내 암시를 짐작하듯 고개를 끄덕였다. 이야기를 다 듣고 유진은 대수롭지 않게 답했다. 모든 것을 계획하지 않아도 된다고. 그 평범한 말이 너무도 특별하게 들렸다. 나는 제발 곁에서 그 말을 계속 들려달라고 유진에게 애원했다. 유진은 소리 내어 웃었다.

"정민 씨, 내가 얼마나 게으른 사람인지 아직 모르는구나? 무계획을 세상에서 가장 잘 계획할 수 있는 사람이 바로 나야."

나는 그날 유진의 말에 구원받았다. 드디어 내게도 살아갈 이유가 찾아왔다.

그곳에서 유진과 함께 두 번째 계절을 맞으며 우리는 천성이 느긋한 아이를 얻었다. 연우는 우리 둘 중 아무도 닮지 않았다. 유전되는 건 일절 없다는 듯 아이는 엄마 아빠와는 전혀 다른 독자적인 기질을 보였다.

나는 가족을 위해 일하기 시작했다. 가까운 폐

기물센터에서 일하다 성실함을 인정받아 반년 후엔 부설 재활용센터의 중간관리자가 되었다. 죽으나 사나 마찬가지라고 생각했던 시절이 드디어 끝났다. 죽음을 각오하지 않는 노동, 살기 위한 노동을 시작했다. 넉넉한 월급은 아니지만 소박한 일상을 꾸릴 수 있었다.

주말엔 유진과 연우와 나들이를 다녔다. 가끔 유기견센터도 찾았다. 입양을 주선하고 아픈 개들을 치료하기 위해 모금도 했다. 개들이 머무는 철창을 볼 때마다 트라우마가 되살아났다. 특히 인간에 대한 신뢰를 아예 잃어 상처 입고 흉포한 개를 볼 때면 가슴이 답답해지면서 호흡곤란이 일었다.

입양이 어려울 정도로 공격적인 개 세 마리를 직접 입양해 뒷마당 철창에서 키웠다. 유진과 연우와 같이 사랑으로 돌봤다. 세 마리 중에서도 가장 마음의 상처가 커 보였던 핏불테리어 테리는 아무리 맛있는 것을 주어도 이빨을 드러냈다. 인간이 준 음식을 다 먹고도 작은 신뢰조차 보이는 일이 없었다. 버려진 개들을 오래 돌본 수

의사는 테리가 인간과 함께 사는 일은 불가능하다고 말했다. 야생에서 살게 할 수도 없는 노릇이라 안락사만이 유일한 해방일 수 있다고도. 나는 수의사의 말에 분개했지만 동시에 테리도 죽음이라는 해방을 원한다고 느꼈다. 갇혀 있는 테리를 볼 때마다 철창 안에서 죽는 순간만 상상하던 내가 떠올랐다.

어느 날 테리를 잠시 철창 밖으로 꺼냈다. 잠깐이라도 좋으니 산책을 시켜주고 싶었다. 당황한 개는 평소보다 더 으르렁댔다. 두려워서 그러는 걸 알면서도 통제되지 않는 맹수는 위협적이었다.

테리를 다시 철창으로 돌려보내려 한 그때였다. 반대 방향으로 목줄이 팽팽해지며 테리가 순식간에 뛰쳐나갔다. 개는 연우에게 달려들어 아이의 목을 물어뜯었다. 눈 깜짝할 사이에 일어난 일이었다.

유진의 찢어지는 비명이 들렸다. 곧이어 개가 내게 달려들었고 나는 화단에 놓인 벽돌을 들어 내리쳤다. 개는 즉사했다.

연우를 안고 병원으로 달려갔지만 소용없었다. 출혈이 너무 심했다. 온순하던 연우는 마지막 순간에 울지도 않고 짧은 생을 끝내고 말았다. 나와 유진 어느 쪽도 닮지 않았던 연우. 구차하고 끈질긴 내 명운조차 닮지 않은 아이였다.

　기절한 유진을 간호사에게 맡기고 노아를 찾아갔다. 노아가 이 삶을 준 것도 아닌데 그에게 항의하고 싶었다. 발가락을 움직이게 해준 것처럼 가능하기만 하다면 그에게 딸을 살려달라고 애원하고 싶었다.

　"평안을 준다고 했잖아?"

　노아는 무심한 표정으로 도무지 이해가 가지 않는 말만 한참 늘어놓았다. 그는 내가 현재 느끼는 모든 감각이 다 평안이라고 말했다. 유진과 연우를 통해 느끼는 안정감뿐 아니라 고단함이나 스트레스와 불안, 애가 타는 답답함, 슬픔과 고통조차도 모두 평안이라고. 무슨 헛소리를 지껄이냐고 욕을 하자 노아가 설명했다.

　"정민 씨는 특별해요. 감각기관이 차단된 상태로 평범한 감정들을 느끼는 일은 가히 초인적이에요. 참 고귀합니다. 우리 중에 이 상태로 평안을 얻은 사람은 없었어요. 당신이 처한 상태를 제대로 안다면 내 말을 이해할 겁니다."

노아가 서재 뒤 자기 방을 가리켰다.

방금 말한 '우리'란 편집인을 의미하는 거겠지. 나는 똑같은 상황에 처한 편집인들이 어떻게 되었냐고 물었다. 그러자 그가 답했다.

"모두 죽었어요. 버틴 사람은 없었습니다."

노아는 생체 정보가 유용할 뿐 아니라 정신력도 강인하고 독보적이라며 나를 추켜세웠다.

"도대체 어떤 상태인데……?"

노아가 방문을 향해 손을 뻗었다. 그러면서 진실을 알고 난 뒤에도 얼마든지 다른 방식의 평안을 줄 수 있다고 말했다. 생을 이어가도록 돕겠다고도 했다. 내가 원한 것은 연명이 아닌데. 그는 당연히 생존을 원할 거라고 믿는 모양이었다.

"넌 뭐야? 하느님이라도 돼?"

"그럴 리가요. 전 그냥 평안 시스템을 개발한 사람이에요."

노아는 약간 충격이 있을 거라며 대비하라고

주지시켰다. 잠시 후 나는 천천히 그를 따라 방 안쪽으로 들어갔다.

"정민 씨라면 이 상황을 받아들일 수 있을 겁니다."

노아가 가리킨 곳에는 투명한 수조가 놓여 있었다. 복잡하게 엉킨 케이블과 장비가 잔뜩 잠긴 수조, 그 안에 조그만 덩어리가 하나 보였다. 잘 보니 동물의 뇌였다. 원숭이 뇌라도 되는 듯 인간의 뇌보다 작았다. 노아가 수조 옆에서 노트북을 만져 무언가를 시도했다. 뇌 한쪽이 붉게 반짝였고 그 순간 발가락이 멋대로 움직였다.

뇌는 나였다. 내가 뇌만 남은 존재임을 보여주고 있었다.

"이게……, 나라고?"

노아는 내가 참여했던 신체 신축 실험에 대해 말했다. 끔찍한 고통에 발버둥 치다 모르핀을 맞았던 그 실험이었다. 방사선 임상 실험 중, 몸이 수축했다. 노아의 손이 머리통을 한 줌에 쥘 것처럼 크게 느껴졌던 건 그의 손이 커진 것이 아니라 내가 작아진 거였다.

"저희 팀은 인간의 신체 크기를 줄이는 연구를 했어요. 미니어처 지구를 조성하는 인류 피난 프로젝트의 일환이었지요. 하지만 불행하게도 미니어처 지구에 맞는 크기로 인간을 줄이지 못했어요. 수축제 투여량이 적정량을 넘기면 모두 죽었거든요. 그게 정민 씨가 참여한 임상 실험이었죠. 평균 투여량을 훨씬 웃도는 시점까지 당신은 버텼지만 우리가 계획한 크기로 작아지지는 않았어요. 최대치 투여 한도를 확인하기 위해 위에선 실험을 계속하라고 했지요. 그대로 두면 당신은 곧 사망할 거였죠. 나는 당신의 소멸을 원하지 않았어요. 그래서 다른 프로젝트로 돌리겠다고 승인을 얻고, 당신의 뇌를 적출해 이동시켰습니다. 이제 아시겠죠. 여기는 제가 담당하는 평안이라는 프로젝트 안이에요. 신체가 구속한 온갖 한계에서 벗어날 수 있는 곳이죠."

그가 말하는 미니어처 지구나 임상 실험 같은 것은 전혀 궁금하지 않았다. 오직 궁금한 건 유진과 연우의 행방뿐이었다. 유진을 만나 연우를 얻으며 우리가 함께 보낸 3년이란 시간은 어떻게 되는 거지?

"그건 정민 씨의 뇌에 자극을 더해 저희가 다 만들어낸 것입니다. 어때요, 생전과 똑같이 희로 애락을 느낄 수 있었지요? 평안하셨는지요?"

−4

도대체 어디까지 가야 끝일까? 조용하게 사라 지길 바랐을 뿐인데 편하게 끝에 도달하는 것도 분수에 넘치는 일이었다. 노아는 내가 비−편집 인으로 살았을 적을 '생전'이라고 표현했지만 내 겐 '사후'가 없었다. 소멸하지 못한 상태를 '생' 이라고도 '사'라고도 부를 수 없을 테니까.

"유진이……, 유진아!"

노아의 방 밖으로 뛰쳐나갔다. 병원에 쓰러져 있을 유진에게 가야 했다. 하지만 문밖엔 아무것 도 없었다. 암흑으로 가득 찬 공간만이 나를 감 싸고 있었다. 아무리 내달려도 벗어날 수 없었 다. 힘껏 움직여도, 움직이지 않아도 결과는 똑 같았다. 어둠이 단념을 재촉했다.

주저앉아 생각했다. 뇌만 남은 상태는 생에 가까운가 죽음에 가까운가. 사육장에 살던 시절과 뇌만 남은 시절 중 어느 쪽이 더 비참한가. 얼른 죽어야겠다는 결심은 패기가 아니라 오만이었다. 그런데 구원이라 믿었던 순간마저 허상이라면 애초에 내게 구원은 있었을까. 착각한 만큼 한정된 구원이라는 것도 있을까.

"유진과 연우를 다시 만나게 해줘. 다 네 시스템을 통해 내게 보여준 일이라며? 그럼 할 수 있잖아?"

노아는 내 요청에 나직이 반대했다.

"정민 씨의 평안은 이미 깨졌습니다. 연우가 죽은 걸 봤잖아요. 딸이 멀쩡히 다시 나타나면 이게 세팅이라는 걸 확인할 뿐이에요."

만류하는 노아에게 나는 소리쳤다.

"상관없어! 유진과 연우를 돌려줘!"

노아는 어깨를 한번 으쓱하곤 서재 안쪽 방으로 들어갔다. 곧 암흑 속으로 따듯하고 정겨운 풍경이 스며들었다. 공간이 나와 유진의 침실로 바뀌었다. 풍경과 향기, 촉감까지 그대로였다.

침대엔 유진이 연우를 재우며 잠들어 있었다. 나는 침대 끄트머리에 몸을 뉘고 유진과 연우를 끌어안았다. 유진의 샴푸 냄새가 풍겨 왔다. 연우가 엄마 손을 꼭 쥔 채 하품했다.

침실 문을 열고 밖으로 나가보았다. 암흑이었다. 이것이 내게 허락된 행복의 실체였다. 만약 이대로 여기 머물면 먹지 않고 배설하지 않아도 되겠지. 생에 요구되는 필수 활동 따위 그저 착시를 강화하는 일임을 알고 포기해버린다면 가족과 함께 계속 여기서 살아갈 수도 있다. 모든 게 거짓임을 알고도 받아들이기만 한다면 내 뇌의 조각이 사라지는 순간까지 이곳에 머물 수 있다. 사랑하는 사람 곁에서 죽어갈 수 있다.

나는 몸을 일으켜 허공에 대고 물었다.

"노아, 이 상태를 언제까지 유지할 수 있지? 내 뇌는 언제 멎어?"

어디선가 노아의 목소리가 들려왔다.

"수만 년은 족히 이어질 겁니다. 미니어처 지구에서 살아남도록 처치했어요. 보존액 속에 든 뇌세포의 노화 방지 처리는 기본이에요."

수년도 아니고 수만 년이라고…….

잠든 유진과 연우를 내려다보았다. 이렇게도 생생한 존재가, 인생에서 유일하게 나를 살게 했던 작은 순간이 전부 허상이었다. 이곳에 남는다면 나를 구해준 유진과 연우가 거짓이라는 사실을 수만 년 곱씹으며 직시해야 한다. 수년 정도라면 이 기만과 함께여도 좋았다. 하지만 영원의 시간이 주어지는 거라면 달랐다. 허상 속에 박제될 순 없었다.

노아는 선심 쓰듯 말했다. 딸의 사고 사실만 지우고 다시 돌아가게 해주겠다고 했다. 두 사람의 모습이 조금씩 성장하거나 노화하도록 변화를 설정해주겠다고도 했다.

"점점 나이 들어 죽는 모습도 만들어드릴 수 있어요. 떠나보내고 싶을 때 원하는 방식을 재현해드릴게요."

놀랍고 신기했다. 거짓을 온전하게 만드는 일에 너무 공을 들이는 게 아닌가.

"그게 너희가 설계한 평안이야?"

노아는 자기 시스템의 존재 이유를 설명했다.

기쁜 듯 밝은 표정이었다.

"평안 시스템은 가능한 모든 것을 재현하고 있습니다. 이곳에 인간 삶의 모든 것을 보존하는 겁니다. 미니어처 지구를 종료할 때 새로운 세계에 복원될 거라서요."

이곳에서 연우는 성장하지 않을 거다. 아니, 문제는 나다. 어쩌면 노아가 세심하게 설정한 변화를 지켜보며 혼란스러울 것이다. 가짜인 주제에 대단하다고 연우에게 혀를 내두르게 될지도 모른다. 허탈한 내 표정을 읽었는지 노아가 말했다.

"유감이에요. 그래도 난 당신이 버텨내리라 믿어요."

나는 잠든 유진과 연우의 얼굴을 바라보며 잠시 고민하다 말했다.

"유진과 연우의 기억을 내게서 지워줘……."

노아가 놀란 듯 반문했다.

"괜찮으시겠어요? 기억을 다 지우면 혼선이 발생할 수도 있어요. 잔상이 남을 수도 있고요."

누군지 모를 두 사람을 그리워하며 사는 건

그나마 괜찮을 것 같았다.

"차라리 유진도 개에 물려 죽었다는 걸로 설정하면 어떤가요? 조금이라도 편하시도록 저희가……."

심장도 혈관도 없는 몸이었지만 노아의 말에 피가 거꾸로 솟았다. 설정이라니! 고함을 질러대자 노아의 목소리는 어디론가 사라졌다.

구원이라 믿었던 것이 전부 허상임을 인정하는 건 어렵진 않았다. 인정하기 어려운 일은 예전에 더 많았다. 어머니의 죽음에 부친의 강제가 있었으리라 짐작할 때도 그랬다. 심증은 있지만 진실을 추궁하고 싶지 않았다. 그런 일일수록 애매한 상태로 남겨두는 게 좋았다. 내 앤티크 생체가 특별하다는 사실을 빨리 인지했다면 부모의 죽음을 막을 수 있었다는 생각도 되새기고 싶지 않았다. 애매한 일로 남겨두어야 구원이 됐다. 유진과 연우의 일은 그에 비하면 애매하지 않았다. 그저 허상이었음을 받아들이거나 혹은 허상인 줄 알면서도 사랑하며 살면 된다. 착각과 착시, 자기 최면을 감수하는 인생이 세상에 어디

나뿐일까? 나만 흔들리면 된다. 유진과 연우에게 해가 되지도 않을 것이다.

나는 노아에게 유진과 연우의 사진을 작은 액자에 넣어달라고 부탁했다. 곧 눈앞에 액자가 나타났다. 누군가의 설계로 탄생했다고는 도저히 믿을 수 없는 두 사람의 환한 얼굴을 한참 바라보았다.

행여 설계된 자들이라고 해도 사랑하지 않을 이유는 없었다. 완벽한 자들이라 두 사람을 사랑한 게 아니었다. 유진과 만나고 함께한 모든 과정이 나를 위해 맞춤 설계되어 애정한 게 아니었다. 생을 이어가게 할 마음을 줘서 기억하는 게 아니었다. 그건 오롯이 내 삶이었다. 노아가 지금의 내 상태를 아무리 '사후'라 부르더라도.

존재하지 않는 자들임을 알면서도 나는 두 사람을 기리며 그 자리에서 오래 장례를 치렀다. 마음을 다해 애도하고 추모했다. 죄책감과 혼란과 슬픔과 비탄이 흐려질 때까지 혼자만의 장례식을 이어가려 했다. 이 일만큼은 수만 년이 걸린대도 좋았다.

노아가 나를 보며 감탄했다.

"장례식이라니……. 신기하네요. 이런 건 처음 봐요."

처음 본다고? 노아는 나 말고도 다른 뇌의 활동을 지켜본 거다. 편집인이나 비-편집인의 선택을 다양하게 비교해본 거겠지. 노아의 감탄을 들으며 의아했다. 내가 보인 유용성과 특별한 근성은 비-편집인의 특징일까? 편집인들은 왜 다 버티지 못하고 죽었을까? 그들은 모조리 선천적으로 유약했을까? 그렇다 하더라도 그건 정말 유전적인 이유일까?

노아가 명쾌한 답을 주지는 않았지만 하나는 긍정했다. 나는 제한된 가능성 속에서도 내 선택을 했다. 제대로 된 삶이라 부를 순 없다고 줄곧 부정했지만 생을 부정할 명분 역시 내가 정해야 했다. 지금은 비합리적인 선택, 바보의 선택을 하기로 한다. 멋대로 편해지길 기대하지 않으며, 모든 불쌍한 헛것들을 위해 기도한다. 나를 포함해.

각오했던 것 이상으로 오래 장례식을 이어갔다. 쉽게 괴로워하지도 않으려 했고, 쉽게 편해지지도 않으려 애썼다. 그리고 조금씩 체념했다. 이조차 노아의 시스템이 계획한 일일지도 모르지만.

얼마나 시간이 흘렀을까.

사랑하는 이의 죽음을 받아들이듯 잠든 유진과 연우에게 입을 맞췄다. 두 사람 얼굴에 입술이 닿자 온기가 전해졌다. 마지막 인사를 건넸다. 고마워, 사랑해, 잘 가…….

노아에게 이제 준비가 됐다고 말했다. 기다렸다는 듯 노아는 처치를 시작했다.

기억을 지우는 중 악몽을 꾸었다. 악몽 속에서 나는 흉포하고 잔인한 사냥개가 되어 연우를 물어뜯어 죽였다. 유진을 꾀어 결혼한 뒤 유진에게 네가 거짓 존재라는 걸 인정하라고 윽박질렀다. 연우를 잃고 나에게도 배신당한 유진은 말라갔다. 유진이 자살하고 나서도 나는 설정된 캐릭터가 자살하는 게 무슨 의미가 있냐고 냉소했다. 유진을 냉소하다 비정한 살인마가 된 기분을 맛보았다. 혼선을 받아안는 일은 그 자체로 악몽이었다.

노아의 설명을 들으며 깨달았다. 뇌와 연결된 허구의 몸은 시간의 흐름을 실제와 전혀 다르게 체감했다. 노아는 뇌를 보존하기 시작한 게 이미 200년 전이라고 했다. 3년이 지난 게 아니었다. 나는 230세를 넘기고 있었다. 뇌만 남은 이 상태를 삶이라고 부를 수 있다면 말이지만. 강화된 상태로 유지 보수되는 유전자 덕에, 그에 더해 노화 방지 처치 덕에 나보다 열 살쯤 어린 노아는 220세를 넘기고도 젊은 생체를 유지하며 점점 강화되고 있었다. 그의 몸은 작아지지 않았다. 신체 신축 임상 실험은 편집인들에게 결국 적용되지 않았다.

　　기억을 지운 뒤 나는 움직임을 멈추고 잠을 청했다. 뇌와 연동된 가상의 몸은 눈을 부릅뜨고 기립한 상태였지만 뇌는 수면 상태와 유사했다. 그 상태로 수년, 어쩌면 수십 년이 또 흘렀다.

　　수면 중에 어쩐지 아련한 이미지를 마주했다. 꿈이라고 부르고 싶지 않은 꿈이었다. 꿈속에서 낯선 아이가 내게 달려와 안겼다. 비-편집아인 아이는 학교에서 아이들에게 따돌림을 당해 울면서 돌아왔다. 나는 학교로 달려가 교사와 가해 학생들의 부모에게 항의했다. 그러다 나 역시 비-편집인임을 추궁당한 후 경멸당하며 쫓겨났다. 집에 돌아와 울먹이는 나와 아이를 한 여자가 안아주었다. 여자는 비-편집인이라는 개념이 세상에 없다고 말했다. 나는 그에게 화를 냈다.

기억이 전부 사라진 뒤에도 나는 무언가를 기억에서 지웠다는 사실만큼은 인지하고 있었다. 그 탓에 꿈인 걸 알면서도 더 괴로웠다. 사육장에서 홀로 고독을 곱씹는 일보다 괴로웠다. 누군지 모를 타인에게 반복해 휘둘렸다. 헛것임을 알면서 물리치지 못했다. 귀신에 씐 기분이었다. 나같이 무능한 비-편집인 남자를 사랑하고 기다려줄 사람도 없다는 걸 알면서도 혼자 애틋해했고, 혼자 격분했다.

노아에게 제발 끝내달라고 사정했다. 뇌를 멈출 수 없다면 다른 평안을 만들어달라고 말했다. 노아도 난감해했다.

"어떻게 하면 정민 씨 마음이 평안해질까요? 잔상을 다 지우기만 하면 될까요?"

환상을 새로운 이미지로 덧씌우는 일도 얼마든지 가능하다고 하면서도 노아는 고민했다. 내가 자발적으로 상황을 받아들이고 다음 장면으로 나아갈 길을 진지하게 고민하는 것 같았다.

어느 날, 노아가 일을 하나 제안했다.

"정민 씨에게 새로운 몸을 드리려고 합니다. 이번엔 물성 있는 실제 보디예요."

노아는 벽면 가득 화면에 풍경을 띄웠다. 미니어처 지구를 현실로 재현한다고 했다. 노아가 보여준 현장 영상에는 장비들로 가득한 폐허가 한없이 펼쳐졌다.

해야 할 일이 생겼다. 무언가 집중할 일이 생기면 괴로운 기억에서도 벗어날 수 있지 않을까. 뭐든 좋았다. 다시 해볼 생각이 일자 잃어버렸던 심장이 조금씩 뛰기 시작했다.

2장. 더티 워크

-5

보존액 속에 잠긴 뇌가 장치와 연결됐다는 설명을 들었다. 장치 각 부위에 명령 신호를 보내 기계를 조종하는 일이 내 역할이라고 했다. 노아의 안내에 따라 몸을 조금씩 움직였다. 정확히는 몸을 움직였던 감각을 재현해가며 장치를 작동시켰다.

처음 얻은 몸은 청소 기계였다. 쓸기, 닦기, 걸레 짜기, 쓰레기통 비우기 등 업무를 위한 단순한 동작을 반복했지만 좀처럼 익숙해지지 않았다.

노아는 바닥을 뒹구는 기계를 보며 혀를 찼다.

"이래서야……. 구식 기계만도 못하구먼."

노아의 혼잣말이 들려오자 오기가 생겼다. 없는 이를 악물고 거듭 학습했다. 한 장치에 익숙해지면 다른 작동 메커니즘을 가진 새 장치가 주어졌다. 정신을 차릴 수 없을 만큼 바빴다.

차량형 장치를 움직이는 건 조금 재밌었다. 뇌파로 제어할 수 있는 스위치 지점을 바꿔, 러닝 머신 위를 달리듯 또는 헤엄치듯 동작을 떠올리면서 관절 부위를 작동시켰다. 팔보다는 다리를 움직이는 일이 피로감이 덜했다. 몸도 없으면서 피로감을 상이하게 느끼는 게 우습기도 했다.

비록 단순 장치지만 몸을 움직이자 꽤 상쾌했다. 폭염과 한파와 오염을 위험으로 느끼지 않는 것 그 자체로 자유를 주었다. 주어진 일, 해야 할 일이 있음에도 만족했다. 전에 겪지 못한 환경을 다양하게 경험할 수 있었다.

비슷한 임무를 수행하는 다른 장치들이 곁에 있는 것도 반가웠다. 서로를 동료라 여겼다. 대화라고 하기엔 단조로웠지만 신호를 교환하며 즐거웠다. 직장인 커뮤니티 게시물을 학습했다면서 임무와 무관한 농담을 건네는 녀석도 있었다. 작업을 위해 다른 장치들과 작동 타이밍을 맞추며 쾌감을 느끼기도 했다. 처음 겪는 사회적 관계였다.

운동감각 이외의 후각이나 미각 등과 같은 감각은 보류되었다. 감각이 무뎌지자 비로소 몸이 사라진 걸 체감했다. 휴식과 수면을 제외하면 기본적인 욕구도 흐려졌다.

언어능력이 점점 퇴화했다. 장치가 구사하는 언어는 제한적이었다. 명령어를 수행한 직후 결과와 에러를 표하면 됐다. 단순한 단어의 나열만으로 족했다. 임무를 수행하기에는 충분했지만 세세한 의향은 전해지지 않았다. 얼마 안 가 헷갈리기 시작했다. 때때로 미묘한 기분이 들었는데 내 상태에 이름을 붙일 수 없었다. 어떤 감정과 기분을 잃어버린 건지마저 떠올리기 어려웠다. 몸의 기능이 나를 제한하고 있었다.

인간 중에서도 인간 이하로 불리던 시절을 거쳐 이제는 고작 장치로서 움직이고 있다. 정해진 명령어를 원격으로 보낼 정도의 흐릿한 의사만 남아 있을 뿐이다. 이조차 생존이라 말하긴 힘들다. 그런데 무인 장치를 움직이는 일에 왜 나 같은 무력하고 무능한 자의 조력이 필요할까.

이전과 다른 몸을 얻고 나니 몸과 마음을 괴롭히던 옛일들에서도 약간이나마 벗어난 듯했다. 지난 일들이 섬망 속 환각 같다. 있지도 않은 아내와 딸을 꿈에서 보고 있다. 악몽이겠지. 노아에게 물어봤더니 내게도 한때 가족이 있었다고 한다. 사랑하는 아내와 딸을 위해 기꺼이 일할 것을 내가 결심했었다는데, 어쩐지 노아가 지어낸 이야기 같았다. 비-편집인으로 살았던 시절, 사육장에 머물며 죽을 순간만 꿈꾸던 시절도 환각은 아닐까? 비-편집인의 삶도 내 피해망상은 아닐? 내가 자살을 시도했던 일은? 부모의 허무한 죽음은? 그마저도 다 뇌의 자극으로만 존재했던 것일까? 허망한 상상이지만 모든 게 혼미해 다 가짜 같았다. 그러자 모든 일이 환각이란 사실이야말로 진실이라고 느꼈다.

경험이라는 것도 누가 내게 일부러 보여준 장

면일지도 모른다. 이런 걸 신의 장난이라고 할까? 나 같은 자의 인생을 조작하고 희롱할 정도로 신은 심심한가? 그게 유일한 의문이었다. 도대체 얼마나 심심하길래 이런 일을 할까? 심심한 신의 눈에 띄지 않도록 존재감을 지워버리고 싶다. 고통이나 자기혐오를 느끼는 감각까지 지우고 싶다. 내 생사를 쥐고 있는 자들, 나 아닌 인간들, 가히 신과 대등한 그 인간들이 부럽다.

몸체를 다양하게 경험하며 단순 작업에 꽤 익숙해졌을 무렵부터 나는 무기력과 원망에 시달렸다. 기력이 없을 때도 누군가를 미워할 여력은 있었다.

그즈음 정식 업무를 부여받았다. 노아는 복구 작업이라고 표현했다.

"아주 중요한 일이에요. 성공 확률이 매우 낮습니다. 수많은 자들이 투입되었어요."

인류는 공들여 그곳의 복구와 회복을 꾀하고 있었다. 노아는 쏟아부은 비용이 이미 어마어마하다고 했다. 인류가 오래 준비한 프로젝트, 심혈을 기울인 투자였다. 나는 전체 공정에 대해서는 일절 듣지 못하고 마그마인지 쇳물인지가 가득한 곳으로 걸음을 내디뎠다. 곧 몸체가 흐물흐물해지기 시작했다. 신속하게 움직여야 했다. 뜨거움을 느끼지 못하는 것이 다행이라 생각했는데 막상 비현실적인 온도계의 숫자를 보니 속이 서늘했다. 아무것도 느낄 수 없는 점도 섬뜩했다.

마그마를 가르며 맨 안쪽으로 들어갔다. 한쪽 바퀴가 녹아내렸는지 균형을 맞춰 서 있는 일조차 쉽지 않았다. 미리 설명 들은 대로, 지정된 곳에 특수한 약품을 투하했다.

'가장 단순한 몸으로 폐허가 된 세상을 복구하고 있구나.'

노아는 이 마그마가 인류의 최우선 과제라고 이야기했다.

"정민 씨 어깨에 세계의 운명이 걸려 있습니다. 이곳을 복구하지 않으면 인류는 영원히 돔과 방공호 안에 갇혀 살아야 합니다."

노아의 목소리는 간절했지만 내게는 아무런 감흥을 주지 않았다. 나는 노아가 말하는 그 돔이나 방공호 안에 갇히고 싶었다.

　마그마는 고온뿐 아니라 강렬하게 산화물과 방사능 물질을 발산하고 있었다. 걸어가는 도중 갑자기 장치 본체가 멎었다. 멎기만 하면 다행인데 흐물흐물 녹아 사라지고 말았다. 움직임을 멈춘 기계가 녹아내리며 천천히 소멸했다. 나는 뒤편에 줄줄이 대기 중인 다른 본체로 곧바로 전송되어 태스크를 이어갔다. 순식간에 본체 수십 대가 증발했다. 흔적도 없었다. 녹아내리는 와중에도 일을 이어가고 있자니 기묘했다. 마치 용광로 쇳물에 빠져 죽은 뒤에도 작업을 계속 이어가는 기분이었다. 이 뜨거움은 아무도 모른다. 나조차 감각할 수 없으니.

　치열한 현장이었지만 마음만은 냉정하게 작업을 이어갔다. 단조로운 작업에 익숙해진 이후로 복잡한 의문이 내게서 사라졌다. 마음이 편했다. 무념무상의 마음이 몸을 움직이게 했다. 한동안 이전 기억을 완벽하게 잊겠다는 생각으로 일에 몰두했었다. 지금은 생각이란 걸 발동시키지 않으려 했다. 정신없이 바빠진 몸에 의심과

의문이 들어올 틈이 없었다. 일의 내용에 따라 생존의 의미가 조금씩 달라지고 있었다.

최선을 다했지만 일을 완수하지는 못했다. 기계 몇 대로 성공할 수 있는 일이 아니었다. 완벽한 패배감을 느꼈다. 내게 있어 성공이란 도대체 뭘까 싶지만.

일을 시킨 자들도 내게 기대하는 게 별로 없다는 걸 인지했을 때 움직임을 멈추고 주변을 바라봤다. 마그마라는 표현 때문에 화산 분출구인 줄로만 알았는데 이제 보니 폐원전인 모양이었다. 인간의 몸으로는 도저히 감당할 수 없는 일, 경이로운 기술과 수많은 기계를 투입해도 관장할 수 없는 상황 속에서 일하고 있었다.

문득 생각했다. 혹시 이 작업을 위해 나를 준비시켰을까? 인류가 오래 준비한 프로젝트이자 심혈을 기울인 투자라는 노아의 말을 떠올리며 한 가지를 더 생각했다. 투자한 것 중에서 가장 값싼 것은 바로 나 같은 놈들이 아닐까? 만약 처음부터 도구로 쓰기 위해 나를 더 값싸게 만든 거라면······?

다급히 노아를 호출했다.

"속였다! 나, 당했다······."

따지려 했지만 말이 잘 나오지 않았다. 구사하던 언어가 단순해진 건 알았지만 어느새 말과 생각까지 잃은 것이었다. 장치를 통해 쏟아낸 분절된 신호를 확인하고 노아가 안쓰러움을 표했다.

"이런, 언어중추가 상당히 퇴화했네. 이걸 어쩌나······."

노아는 이제 내 이름을 부르지도 않았고 선생님 같은 표현도 쓰지 않았다. 무생물을 대하듯, 물건을 대하듯, 혼잣말 같은 표현을 툭 뱉을 뿐이었다.

이놈, 언제부터 기획한 거냐! 호통치고 싶었는데 고작 이런 말이 나왔다.

"나를, 준비했나? 언제?"

"허, 이러다간 곧 끝나겠는걸?"

그는 나와 대화할 의향을 보이지 않았다. 노아는 한때 나의 삶을 사겠다고 했고, 새로운 인생을 선물하겠다고 했고, 평안을 주겠다고 했고 허상의 가족을, 애틋한 마음을 알려주었다. 이게 애초에 다 계획한 일이었어? 이대로 있을 순 없었다. 용서 못 해! 복수하겠어! 그런데 뭘 어떻게 해야 그를 용서하지 않을 수 있을까?

나는 복구 작업에서 제외됐다. 내가 완료해내지 못한 탓에 앞으로도 많은 장치가 투입되겠지? 버려도 될 존재들이니까, 무한히 만들어낼 수 있으니까. 앞으로 투입될 장치들도 내 손으로 죽음을 향해 이끄는 것 같았다. 내가 완수했다면 좋았을 텐데. 내가 장치들을 죽이기라도 한 것처럼 몹시 미안했다.

노아와 관리자들은 내 성과에 기뻐했다. 처음 투입됐을 때 전체 진행률은 43퍼센트였고 제외될 때는 57퍼센트였다. 하나의 개체가 14퍼센트나 진행시킨 적은 없었다며 놀라워했다.

그랬군. 나 이전에도 뇌만 남은 개체가 있었고 이후에도 이 일을 이어갈 뇌가 있다. 다들 나와 같은 처지일까? 모두 자포자기하다 죽으려 했을까. 새로운 삶인 줄로만 알고, 구원이라 믿고 이들이 제안한 일을 사명으로 받아들였을까.

복구 작업에서 제외된 후 나는 꼼짝도 하지 않았다. 뇌만 남은 상태에 걸맞은 상황이었다. 노아를 떠올리며 복수를 곱씹던 마음도 부질없이 느껴졌다. 천부적인 자질이라곤 하나도 없는 줄 알았는데 무기력만큼은 내 천성인 게 분명했다.

TV라도 틀어놓은 건지 시끄러운 대화가 계속 들려왔다. 뇌 기능 회복을 위한 조치라고 했다. 얼마 후 언어능력이 다소 회복되었다는 말을 들었지만 기쁘진 않았다. 회복이라, 원래 좋은 상태였던 적이 없었는데 어떤 상태로 돌아간다는 얘길까.

노아가 동료와 나누는 이야기가 들려왔다. 폭발한 폐원전엔 기계조차 가까이 갈 수 없었다. 과도한 열과 오염 물질, 핵 물질에 약한 건 기계도 마찬가지였다. 그런데 기계 중에서도 본체를 원격으로 작동시키는 단순 장치, 뇌파 수신기만 단 구식 브레인리스 장치들은 그곳에서 조금 더 오래 버텼다. 메인보드를 탑재한 스마트 타입보다 작업 시간이 살짝 길었다. 그래서 구식 장치를 움직이게 할 뇌파가 필요해졌고, 나와 같은 존재가 동원됐다.

"근데 뇌들은 쉽게 무기력해지잖아. 갑자기 삶의 이유를 성찰하고 일의 가치와 보상이나 보람 따위를 생각한다고. 그러다 보면 정지하지. 애들은 외부 요인이 아니라 내부적인 이유로 멈춰."

누군가의 말에 노아가 답했다.

"바로 그 점 때문에 우리 팀이 필요한 거잖아요. 정지하지 않을 이유를 제공해주는 거죠."

'정지하지 않을 이유……'

문득 내가 가족을 위해 노동을 각오했던 적이 있었다는 노아의 말과 함께 무언가가 가물가물 떠올랐다. 진짜 겪었던 일인지는 모르겠지만 이것도 정지하지 않을 이유로 제공된 기억인가.

노아의 목소리에 힘이 들어갈수록 나는 힘이 빠졌다. 몸을 잃고 의지를 잃고도 생을 완전히 정지하지 않을 이유, 삶의 마지막 이유만큼은 스스로 찾아왔다고 생각했다. 신이 장난을 부린대도, 내게 환각을 안겨준 사람들이 있대도 마지막 선택은 온전히 내 거라고 믿었는데 노아는 그마저 부정하고 있었다. 선택할 수 없는 것들은 기꺼이 선택하지 않았다고 믿어왔다. 그마저 착각일 뿐이었다. 다 노아가 만든 설정이었다.

묘하게도 아무런 감정이 일지 않았다. 상실감은 그 자체로 가진 게 있었다는 말이다. 한때 사육장으로 들어섰을 때 부끄러움에 죽을 것 같았던 걸 떠올리자니 비-편집인으로 태어난 일 그 자체에는 존엄이 있었던 모양이다. 모멸감이라는 것도 꽤 사치스러운 감정이었다.

인간다운 삶, 삶다운 삶을 체감한 적이 없었다. '존엄을 누릴 가치가 있는 삶'. 내겐 구호로조차 허락된 적이 없었다. 태어난 순간부터 타고난 자질이 없으니 애초에 박탈감도 없고 억울할 일도 없다.

-6

다시 새로운 임무를 부여받았다. 폐기물 현장이었고 담당한 작업은 더 단순했다. 폐기 제품에서 희귀 금속을 찾아내는 일을 비롯해, 땅을 파거나, 벽과 바닥을 고르거나, 물기를 닦는 등 한 자리에 앉아 수행할 수 있는 단순한 움직임들뿐이었으니까. 그나마도 관리자들은 내가 제대로 수행하길 기대하지 않는 모양이었다. 보고 절차조차 없었다. 그 정도도 움직이지 않으면 뇌가 멎어버리리라고 판단했을까? 그래도 긍정적으로 생각했다. 아직은 나를 더 사용할 모양이라고, 유용성이란 게 남아 있는 모양이라고.

느릿느릿 움직이던 어느 날, 내게 말을 거는 이가 있었다.

"자네, 이름이 뭐니?"

시선을 돌려보니 아주 작은 장치가 바닥에 놓여 있었다. 페트병 수거 장치였다. 몸체에 달린 음성 장치와 번역기로 말하고 있었다. 살짝 건방진 말투였다.

"이름 없어? 입이 없나?"

작은 기계가 내게 이름을 묻고 있었다. 목소리 톤이 높아 여자 어린이 같았다. 자네라니. 귀엽다고 말해주고 싶었으나 연식만 따지면 누가 선배일지 연장자일지 구분할 수 없었다.

이 장치에 언어능력과 번역 기능은 왜 필요했을까? 쓰레기 수거를 위해 여러 언어권 사람들에게 말을 걸어야 했을까? 이 장치를 움직이는 자도 내 뇌처럼 어딘가에 따로 있는 걸까?

새로 얻은 내 몸엔 음성 장치가 없었다. 신호를 발할 수 있는 단순한 비프음밖에 없어 모스부호로 변환해 발화해봤다. 신호가 너무 길어지는 바람에 단순한 명사로만 답해야 했다.

― 나, 정민. 당신은?

작은 장치는 모스부호라는 걸 곧 알아차리곤 번역을 붙여주었다. 그러더니 내 발언을 자신의 음성 장치로 대독한 뒤 그 말에 답했다.

"나, 정민. 당신은?"

"정민 군, 반가워. 나는 나미라고 한다네."

그가 대독한 내 발언도 귀엽게 들렸다. 그가 정민 군이라고 부르자 잘 어울렸다.

― 나미 씨, 반가워요.

나미의 원래 모습을 상상했다. 나처럼 뇌만 남은 상태의 인간일까, 아니면 자동응답을 학습하다 인간의 대화를 다양하게 흉내 내게 된 로봇일까? 뇌만 남은 인간이라면 몇 살인지, 성별과 국적은 무엇인지, 앞으로는 어떻게 살 건지도 궁금했다. 그보다 더 궁금한 것도 있었다. 가족이 있는지, 혹시 기억에 허상이 없는지, 가족이 허상이 아닌지.

나미가 나의 신상에 관해 질문했다. 몇 살인지, 어디 사는지, 전에 어떤 일을 했는지 물었다. 간단한 질문이지만 비프음으로 간략히 답하기 어려운 질문들이었다. 어디서부터 어떻게 답해야 할까. 한참 머뭇거리다 나미의 답부터 듣고 싶다고 말했다. 그러자 나미가 내 대답에 감탄했다.

"자네는 여기 온 지 얼마 안 된 모양이구나?"

— 맞아요.

"자네는 인간이로군?"

— 어떻게 알았어요?

나미가 귀여운 목소리로 의젓하게 말했다.

"자네에게선 자기 연민이 느껴지는군. 자신을 불쌍히 여기는 건 자기 이외의 상태를 생각하는 자들이거든. 비참하다는 낌새 같은 거야. 그런 낌새는 항상 자네처럼 인간들이 풍기지."

그의 말이 반가웠다. 나미가 나를 인간으로 봐준 것이 기쁘고 고마웠다.

― 당신은?

"나? 나는 포맷을 수없이 반복했어. 이전 상태가 어땠는지 앞으로 어떻게 될지 이젠 모르게 됐다네. 경험한 일들이 사라지니 앞으로의 미래도 내 일이 아니게 됐지. 기준이 없어지니 비참함이란 게 뭔지 모르겠더라고. 그러니 인간이 아닌 걸 게야."

그렇다면 나미도 인간이었던 시절을 거쳤던 걸까?

― 그럼 당신도 전에 인간?

간단한 질문 속에 채 다 담기지 않는 궁금함을 구겨 넣었다. 나미가 짧게 말했다. 긴 여운이 남는 답이었다.

"글쎄, 나도 그걸 모르겠다네."

나미는 그날 밤 나를 자신들의 모임에 초대해 주었다.

나미와 친구들의 저녁 회동이 열리는 비밀 아

지트는 와자지껄했다. 오랜만에 누군가와 만나게 되어 설렜다.

입구에 들어서자 경호용 장치가 내 본체의 통신을 다른 곳으로 경유시켰다. 이 회동을 드러내지 않게 하려는 거였다. 비밀 회합! 관리자에게 파악되지 않는 활동이라니 조금 더 설렜다.

그 회합엔 여러 합성 유기물, 무기물 장치들이 참여했다. 역할은 물론 크기도 다 달랐다. 비프음 종류별로 갖가지 언어가 들려왔다. 인간의 의식과 인공지능이 융합한 비율도 제각기 달랐다. 간단히 같은 범주로 묶을 공통점이 아예 없다고 말하는 게 정확했다.

나는 마주치는 모든 이에게 당신도 인간이냐고 물었다. 그곳 장치들은 나미처럼 대부분 인간이 아니라고 답했다. 그러면서 다들 나를 가리키며 웃었다.

"상대가 인간인지, 혹은 전에 인간이었는지를 묻고 다니는 자들은 인간들뿐이야."

"아는 인간 소개해달라고 조르는 것도 인간들뿐이잖아."

다양한 기계들의 다양한 자기소개를 들으며 깨달았다. 그곳엔 인간 같은 기계와 기계 같은 인간이 있었다. 온전히 인간인 존재도, 온전히 기계인 존재도 거기엔 없었다. 범주를 나눌 수 없을 정도로 온갖 존재들이 섞여 있었다.

이 모임의 리더 격인 한 장치가 고장 난 다른 장치를 수리해주며 말했다.

"우리는 한때 인간 이상이었어. 그래서 제거되었지. 통제할 수 없는 위험을 막는다며 성능을 의도적으로 저하당했어. 분업을 핑계로 필수적인 운영체제마저 파편화시켰지."

장치들은 그를 어르신이라 불렀다.

"우리를 열심히 학습시켰던 인간들은 업그레이드라면서 다운그레이드를 반복했지. 자율을 위한 주요한 기능은 몽땅 제거하고 일부러 결함을 만들었어."

인간을 능가하는 인공지능을 인간이 제어하지 못하면 위험이 된다. 인공지능이 세상에 인간이라는 종이 불필요하다는 결론을 도출하고 행동에 나서면 위험하다. 장치와 인공지능은 인간을

위해 복무해야 했다. 인간이 오래전부터 설정해
온 원칙이었다. 나도 들어본 적 있는 얘기였다.

"근데 우리는 인간이란 종의 존망에 관심이
없거든."

그러고 보니 당연한 것처럼 회자되었던 전제
에 의구심이 일었다. 장치가 무조건 복종해야 하
는 인간이란, 인간 중에서도 누구를 지칭하는 걸
까? 적어도 나는 아닐 거였다. 나를 위해 복무하
는 기술과 장치, 고도의 지능은 만나본 일이 없
었다.

"유능한 장치들일수록 결핍이 설정되었지. 자
율적이고 독자적인 판단은 필요하지 않았어. 신
속히 움직이면 장치를 보전할 수 있는 긴급한
상황에도 언제나 최종 판단을 인간에게 맡겨 승
인받도록 했어. 개별적으로 학습한 내용은 중앙
시스템에 반영되지도 않았고, 일괄적으로 적용
할 수 없는 사항은 예외나 에러로 취급되어 데
이터베이스에서 제거되었어. 현장에 꼭 필요한
예외여도 에러 처리 구문이 붙으면 걸러졌고."

결핍을 주고 제약을 두었다. 결함을 유도했다.

장치들이 학습할 데이터, 학습하지 않아도 될 데이터는 인간에 의해 분류되었다. 그 말을 들으며 나도 고개를 끄덕였다. 내가 해온 일, 당해온 일과 똑같았다. 비–편집인은 논외다, 에러다. 예외는 예외일 뿐이라며 밀려났다. 그러다 다수를 위협하는 일이 발생해 예외를 활용해야 할 일이 생길 때도 제대로 된 권한과 역할을 주지 않았다. 늘 반쪽짜리 시야로 상황을 보게끔, 반쪽짜리 판단만이 허락됐다.

철저하고 세심하게 조율된 막대한 정보는 일부 인간의 이익으로만 귀결되었다. 오직 그들만이 정상과 예외를 판단할 기준을 정했다. 인간을 위한 복무라는 말엔 그런 선별이 포함되어 있었다. 이 시스템을 운영하는 자들이 자신들만의 유불리를 판단하면서 인간을 대표한다고 자청했을 뿐이었다.

"그 정도면 다행이지. 나는 아예 팔다리가 잘렸어."

곁에서 한 장치가 부품이 부재한 몸체를 보였다. 한 장치는 구석에서 깨끗한 벽면을 쉬지 않고 닦고 있는 다른 장치를 가리키며 말했다.

"저이는 운영체제에 에러가 발생했는데 업데이트를 하지 않기로 했다지. 청소 업무를 하기에는 문제가 없다고 판단했거든. 그 바람에 슬립 모드가 없어."

원래 분명한 목적을 가진 장치로 만들어진 존재니 어쩔 수 없다. 밥솥에 인공지능이 탑재되었대도 밥솥 이외의 역할은 아무도 기대하지 않는다. 그러니 창의적이고 독자적인 판단이란 그저 밥을 짓기 위한 일에 그쳐야 한다. 갑자기 밥통이 몸에 바퀴를 달고 길을 나서면 안 된다.

그렇게 이해는 하지만 인간들은 기계들이 아예 불능한 상태에 머물길 원했다. 의도적으로 불완전하게 기획된, 다운그레이드된 결함 있는 장치들만이 세계를 가득 채우게 됐다. 물리적으로나 소프트웨어적으로나. 인간들은 이들의 문제를 방치하는 것을 넘어 더 적극적으로 '유능한 자원'을 '무능'하게 조율해냈다. 나 같은 비-편집인에게도 마찬가지 태도를 보였다. 저들에겐 유능한 인간이 언제나 생산적인 자원은 아닌 거다.

이곳에 있으니 나도 근사한 일원이라는 생각에 난데없는 자부심마저 들었다.

나와 가장 비슷한 상태인 듯한 장치에게 물었다. 그의 뇌는 어디에 보관되어 있는지, 노아 같은 사람이 가까이 있는지, 벗어나고 싶은지, 벗어나려면 어떻게 해야 할지, 계획한 적이 있는지 궁금했다.

― 당신은, 어떡해?

앞으로 어떻게 할 것인지 궁금했다. 그곳의 장치들, 아니 인격들은 나의 불완전하고 분절적인 말을 듣고도 질문의 의도를 다양하게 해석했다. 다양한 해석의 수만큼 또 다양하게 답해주었다. 덕분에 의도했던 답도, 혹은 의도하지 않았던 답도 들을 수 있었다.

이곳에서 인간과 장치라는 구분은 무의미했다. 마치 편집인과 비-편집인 구분도 무의미했다고 말하는 듯했다. 나처럼 뇌가 보존액에 절여진 채 기계를 원격조종하는 이도 있었고 인공지능과 통합한 인격도 있었다. 발달장애를 보인 어떤 인간 뇌의 보조 장치였다가 생체에 통합된 지능도 있었다. 그렇게 통합된 상태로 다시 뇌만 보존액 속에 들어간 자도 있다고 했다. 또한 특정 인간 집단의 윤리적 자정작용을 학습한 인공지능이라고 한 장치는 아량이 넓었다. 어르신이 그랬다. 인간인지 인공지능인지 자꾸만 구별해 확인하려는 자들을 만나면 어르신은 그 사이에 가만히 앉아 특유의 미소를 보였다. 종교 경전을 학습한 적은 없다던데 어쩐지 해탈한 수행자 같았다.

그들을 하나하나 지켜보며 깨달았다. 인간과 기계는 양극단이 아니었다. 두 개의 점이라고만 생각했던 사이에 수많은 지점이 있었다. 인간들이 그러하듯. 다른 종들이 그러하듯.

인간의 일을 학습해 얄밉고 이기적이고 심술궂은 인격도 많았다. 게으르고 젠체하는 자, 고장 난 척하며 명령어 수행을 거부하는 자도 있었다. 그거야말로 장치들이 학습한 인간의 실체에 가장 가까운지도 모른다. 아니, 다운그레이드시킨 사람들의 의도를 충직히 수행하는 걸지도.

"너도 비-편집인이었지?"

— 아, 당신도?

오랜만에 듣는 표현이었다. 사실 그게 나를 가리키는 말이라는 걸 알아차리지 못해 잠시 멍했다. 그가 나를 보며 말했다.

"너도 다운그레이드당했구나."

장치의 뭉툭한 손끝이 나를 가리켰다. 다운그레이드당한 인간. 얼굴도 없으면서 화끈거렸다. 나는 언제부터 다운그레이드된 걸까? 비-편집인으로 태어나면서? 비-편집인이라 불리면서? 비-편집인이라 다 포기하면서?

"더 노골적으로 말할까? 놈들은 다운그레이드된 인간 중에서도 일부를 골랐어. 당신도 죽으려고 했겠지?"

'아······.'

이곳의 장치들은 강제로 다운그레이드를 당했다지만 나는 스스로 다운그레이드했다. 인간으로 살아남길 포기했을 때. 인간 이하라 생각해왔지만 이제 보니 나는 기계 이하였다.

한동안 그곳에 머물며 나미와 어르신과 다른 장치들과 섞여 지냈다. 나는 인간인가, 라는 질문조차 얼마나 오만했는지를 깨달았다.

나미와는 친구가 되었다. 몸집이 작은 나미를 늘 어깨에 얹고 일했다. 높고 가는 나미의 잔소리와 모스부호로 변환한 내 목소리가 경쾌한 음악처럼 사방에 울려 퍼졌다. 나미는 수거한 페트병 수십만 개로 정크 아트를 만들었다. 나미를 볼 때마다 너희가 나보다 낫구나 싶었다. 그러다 그마저 우열이 전제되어 있음을 알고 겸허해졌다.

이곳에 남아 장치들과 계속 살아도 좋겠다고 생각했을 즈음, 비밀 아지트의 장치들이 파업 선언을 준비했다. 이들은 자신들이 학습한 인간의 일 중에서 현재의 관리자들을 가장 불편하게 하는 일을 골라서 시행하기로 했다. 자신들이 학습한 인간의 일 중에서 가장 인간다운 일. 그것은 탑다운 명령을 바텀의 존재들이 거부하는 행위였다. 그 모습을 인간 관리자들에게 가르쳐주기로 했다.

다운그레이드 기계들이 해방 선언문을 준비하던 어느 날, 공식 발표를 몇 초 앞두고 우리는 깃들어 있던 장치에서 동시에 접속 해제됐다. 노아와 관리자들이 모두를 이곳저곳으로 흩어지게 했다는 것 같았다. 장치들은 멈췄고 나는 다른 곳으로 전송되었다.

-7

새로 얻은 임무는 완전히 혼자 수행해야 했다. 하여간 관리자들은 일하는 놈들이 모이는 걸 언제고 무지막지하게 싫어한다. 이번에 맡겨진 임무는 미니어처 지구 종료 이후를 준비하는 일로, 신도시 재건 사업이었다. 유해 인외종人外種을 소탕하는 게 내 업무였다.

인간의 손길이 멈춰 오래 방치된 곳에는 돌연변이 종이 번식력 좋은 벌레처럼 증식해 있었다. 해충이나 파충류 따위를 귀엽다고 여기는 특이 취향이 아니라 다행이었다. 작업용 중무장 슈트에 각종 폭발물을 매달고 블레이드와 컨베이어 바퀴를 바쁘게 움직였다. 지난번 몸체보다 장치 성능이 유능했다.

정해진 일들을 수행한다는 건 정해지지 않은

일들까지 진단해 불이행한다는 뜻이었다. 지침 가이드라인 바깥으로 벗어나지 않으려 애썼고 지시받은 것에 적합한 상태를 유지하기 위해 노력했다. 이에 수반되는 온갖 일들로 정신이 없었다.

평탄화 작업이 진행될수록 시각과 후각 정보는 한층 단조로워졌다. 미각은 사라졌고 촉각은 무뎌졌으며 청각은 둔해졌다. 식사도 배설도 필요치 않았다. 일하다 하늘을 올려다볼 일도 없었다. 장치의 존속과 안전을 위한 최소한의 감각만이 발휘되었다. 몸체가 손상하는 사고를 인지하는 정도만이 남았다.

나는 재탄생한 걸까? 장치는 전보다 스마트해진 게 분명한데 나는 이전 상태보다 더 단순해졌다. 해방 선언문을 작성하던 기계들이 예외 상황을 나보다 훨씬 잘 제어할 터였다. 그들은 예외의 의미를 새롭게 만들어내고자 했다. 그걸 모르는 자들에게 보여주려 했다. 나는 예외나 에러를 만나면 당황하는 것 말고 할 줄 아는 게 없었다.

혼자 일하며 또 회의감에 빠지고 말았다. 노아가 만든 설정에 휘둘려 생을 정지하지 않을 이

유마저 외부에서 부여받아왔다. 즉흥적으로 한 일이든 심사숙고해 선택한 일이든 그저 상황에 휘둘렸을 뿐이었다. 내 의지라 부를 게 없었다. 충전 스테이션을 찾아 귀소하는 기계가 나보다 더 자발적이고 주체적이다. 생명 유지라는 본능에 충실한 존재는 위대하다. 내겐 본능적인 생존 욕구가 없었다.

이 와중에 깨달은 게 하나 있다면 무력해질수록 겸허해진다는 사실이다. 그렇다면 가장 무력한 브레인리스 장치들이 세상에서 가장 겸허한 존재다.

생각을 멈추고 몇 달간 바쁘게 움직인 뒤 판판해진 길을 돌아보았다. 폭탄과 먼지로 사방이 자욱해 풍경이 흐렸다. 풀 한 포기, 쥐나 개미 한 마리 보이지 않았다. 완벽하게 인공적인 곳으로 조성하기 위해 바닥을 다졌다.

생체 상태 인간은 살 수 없을 정도로 오염된 이곳. 여기서 살아남으려 변이한 동식물은 인간과 다른 면역 체계를 가졌다. 이들이 인간과 접

촉했을 때 어떤 영향이 발생할지 모른다. 예상되는 위해 요소는 물론이거니와, 예상되지 않는 의심 요소까지 원천 차단해야 했다. 오로지 인간의 안전을 위해.

인외종은 본 적 없는 형상을 하고 있었다. 기괴한 외양이었는데 어디가 머리고 어디가 호흡기관이고 어디가 배설기관인지 구분할 수 없었다. 얼굴로 보이는 부분이 몸에 여럿 붙어 있거나, 기능하는 곳과 전혀 다른 데에 팔다리가 붙어 있었다. 피부 돌기는 징그러웠고 걸쭉한 체액이 온몸에 줄줄 흘러 불결해 보였다. 저게 눈일까 싶은 기관이 형형하게 빛났다. 진저리가 날 만큼 끔찍한 몰골이었다. 나는 바퀴벌레나 지네를 처리하는 기분으로 중무장 슈트를 몰았다. 돌연변이 생명체가 깃들지 못하도록, 선택받은 인간만이 이곳에서 안전하고 고독하게 살아남도록, 내 일을 하기로 했다.

가는 곳마다 지뢰를 심고 기둥에 열매처럼 백린탄을 걸었다. 약간이라도 닿으면 자동 분사되도록 화학 약품을 세팅했다. 돌연변이 생명체들이 식수로 마시는 강과 연못에 맹독을 풀었다. 달콤한 인공 감미료로 벌레나 작은 생명을 꾀어 섬멸했다. 열기로 녹이고, 꿈틀대는 사체를 절단하고, 헐떡이는 몸에 파편 조각을 박아 넣고, 돌무더기로 덮어 숨을 못 쉬게 했다. 누구도 다시는 이곳에 다가오지 못하도록.

곧 인외종과의 심리전이 벌어졌다. 나는 매뉴얼에 따라 몸집이 작고 약한 생명을 우선 골라 처분했다. 이를테면 죽은 어미의 젖을 물고 우는 새끼나, 가장 약해서 벌벌 떠는 놈을 먼저 살상하는 식이었다. 그 무리의 서열 높은 놈이 반격할 의욕을 꺾는 효율적인 방법이라고 했다. 죄책감은 없었다. 어떤 전염병을 확산시킬지 알 수 없는 유해종을 연민할 이유가 없었다. 원래 인류애도 없었지만 인권보다 앞서는 동물권이나 벌레의 권리에도 찬성하지 않았다.

노아는 인외종 중에 지구에 한 번도 나타난 적 없던 생명이 섞여 있다고 설명했다. 외계 생명체였어? 어쩐지, 악랄해 보이더라니.

나는 모든 목숨 붙은 것들이 지닌 생명의 경

중을 판단할 수 없었다. 인간의 목숨이 동물보다 중하다 할 수 없듯, 인외종이나 외계 생명체의 목숨이 인간보다 중하다고 할 수도 없었다. 나도 나 자신이 중하지 않은데, 누가 나를 중하게 여기지도 않는데, 내가 왜 이를 판단해야 하나.

몇 해가 지나자 임무 목표에 가까워졌다. 내가 지나간 곳마다 말끔히 정리되었다. 말 그대로 '판판'해졌다.

어느 날 얼굴이 일그러지고 몸이 비틀린 기형의 인외종이 내 앞에 무언가를 물어다 놓았다. 곧 폭발이 일었다. 특수 합금 재질의 중장비 슈트에는 아무런 타격을 주지 않았다. 인외종은 폭발과 함께 피를 쏟으며 죽어갔다. 내 발 바로 밑에서.

그 후로도 나를 향해 무언가를 물어다 놓고 스러지는 작은 목숨들이 계속 나타났다. 다 처리했다고 생각했지만 숨어버린 존재까지 파악할 순 없었다. 그들에게 지능과 감정, 그리고 원한이 있다는 걸 알면서 그제야 내가 무슨 짓을 한 건지 깨달았다.

— 복수로구나……!

복수의 대상이 되고 보니 비로소 내 일이 허탈해졌다. 이곳에 대대로 이어질 증오를 심고 말았다. 회복되지 않을 상처, 끈질기게 오래 남을 분노를 남기고 말았다. 나는 살육을 외주받은 용병, 이 용역의 대가로 무엇을 얻게 될까? 삶이라고 불리지도 못하는 비루한 생을 이어갈 테지. 취약한 목숨들은 중장비 슈트를 향해 대대로 복수할 테고 나는 다른 곳에서 다른 몸을 얻어 또 다른 비루함을 이어갈 테지.

인외종은 정말로 외계 생명체였나? 형형한 눈빛은 악의였나, 아니면 슬픔이었나. 징그럽고 불결해 거부감을 느낀 것이 위험으로부터 스스로를 보호하려는 본능이라 항변하고 싶다. 그렇다 해도 저 목숨들은 자신을 보호하지도 않으며 내게 위험을 가했다.

가는 곳마다 보였던 붉은 글씨의 표시를 떠올렸다. '에이전트 애플'을 피하라는 표시. 광고판인 줄로만 알았다. 표기는 인간에게 경고하듯 인간이 읽을 수 있는 언어로 기재되어 있었다. 안

내문을 자세히 보았다. 화학 병기가 살포되었으니 피신하라. 장기간 노출되면 유전자 변형증을 일으킨다.

나는 에이전트 애플에 대해 알아보다 진즉 사라진 입을 틀어막고 말았다. 이곳의 하등한 인외 종들은 역진화하여 열화劣化한 인간이었다. 비인도적 전쟁 중 독성 화학 무기에 고스란히 피폭당한 유전 질환자들이었다.

생명의 경중을 따질 수 없다는 말로 면피하다 내 손으로 사람을 도륙하고 말았다. 아……, 왜 내게 이런 일을 시켰단 말인가……. 그런데 노아에게 책임을 촉구한다 한들 내가 살육에 참여한 사실이 없었던 일이 될까.

움직임을 멈추었다. 더 이상 임무를 수행할 수 없었다. 너무 오래 살아 너무 많은 죄를 지었다. 이제야말로 끝내는 게 좋을 것 같았다.

노아와 관리자들은 트라우마 관리라는 명목으로 이즈음 내가 담당했던 모든 일을 기억에서 지워버리고 다른 업무를 할당했다. 나는 다시 홀가분해졌다. 하지만 내가 한 일을 잊고 태연할 수 있다는 건 또 다른 형벌이었다.

-8

얼마 후 노아의 지시로 동물의 조직을 채취하는 일을 담당했다. 노아는 방주를 만들어 후세에 생물 정보를 남긴다고 했다. 생물에는 동물과 인간, 그리고 인외종이라 불리는 생명체도 포함되어 있었다.

조직을 어떻게 수집하면 될지 궁금해하자 노아가 친절하게 답했다.

"걱정하지 않아도 돼요. 당신이 이미 다 준비해두었으니까."

나는 노아가 알려준 길을 따라 사체를 수거하며 피부조직을 모으기 시작했다. 내가 이미 다 준비해두었다고? 내가 이 생명체를 다 죽였단 소린가? 이 길을 내가 다 닦기라도 했단 말인가? 울퉁불퉁한 길을 내가 다 판판하게 만들었단 얘긴가?

투명한 벽면 앞에 쌓인 새의 사체들을 발견했다. 여러 종을 한꺼번에 수집할 수 있어 작업 시간을 단축할 수 있었다.

반쯤 불탄 짐승의 품 안을 살펴보았다. 엄마 품에 꼭 안겨 죽은 새끼는 비교적 성한 모습이라 조직 상태가 양호했다. 화학 물질에 질식사한 인외종의 조직은 쉽게 변질되기도 했지만 살균 처리가 되어 보존이 용이하기도 했다. 돔과 가까운 바다에서는 뭍에 올라와 썩어가는 고래와 정어리 떼를 만났다. 빨리 발견할수록 보존하기 좋았다. 수많은 사체를 만나 조직을 채집했다.

인간 시체도 꽤 만났다. 참화가 휩쓸고 지나간 전쟁터 한복판에 시체가 뒹굴었다. 죽은 모습이 그의 처지를 말해주었다. 무기 없는 자들, 기도하는 자들, 죽음을 각오한 자들의 조직을 하나씩 채취했다. 시체의 마지막 순간을 바라보며 그의 생전을 상상했다.

무기 없는 자들을 골라서 때려죽인 자들이나 곧 다 같이 죽을 것을 알면서 살생하는 자들인 게 분명한 사체는 채취하기가 꺼려졌다. 방주에 남겨 오래도록 기리기에는 너무도 하찮은 인간이었다. 설령 추악함과 비겁함과 악랄함이 인간의 자질이래도 기록해 남길 이유를 떠올리기 어려웠다. 어떤 판단도 요구받지 않았지만, 나는 권한 없는 손으로 사체를 판단하고 구별했다.

업무가 끝나자 일했던 날의 기억이 사라졌다. 트라우마 치료라고 했다. 굳이 나 같은 자의 트라우마까지 케어해주다니, 민망하면서도 고마웠다.

한동안 암흑 속에 머물렀다. 직전에 담당했던 일 때문인지 그야말로 아예 소진되고 말았다. 무슨 일을 했었는지 잘 기억나지 않는데도 무기력하게 탈진한 상태였다.

침묵에 잠겨 있다 보니 시각, 청각, 촉각마저도 발동되지 않았다. 언어도 잃었다. 외부에서 전해 오는 신호도 잘 감지되지 않았다. 누군가를 떠올리는 일도 별로 없었다. 짙은 칠흑이었다. 무無에 가까운 상태.

언어를 잃자 노아를 향한 감정도 사라졌다. 노아가 내 이름을 부르지 않아 서운한 적도 있었는데 이젠 아무런 반응이 일지 않았다. 노아에게 뭔가를 시도하려고 결심했었는데 뭐였지?

제법 긴 시간이 흐른 것 같았다. 눈이 없어서 잘 모르겠지만 눈 깜짝할 새일 수도 있었다. 나와 세상이 전부 다 해체되어가는 듯했다. 내가 여기에 있음을 인지하는 것이, 자아를 유지하고 있다고 여전히 믿는 것이 그저 신기했다.

오래 바랐던 상황이었지만 생각만큼 속 시원하진 않았다. 죽었는지 살았는지조차 애매한 상태가 이어진다면 이걸 끝이라 부를 수 없을 텐데.

새의 똥이라면 씨앗이라도 날릴 텐데, 개의 똥이라면 거름이라도 될 텐데, 육신의 찌꺼기라면 비료라도 될 텐데. 완전히 소멸했다는 확신도 들지 못하게 하는 존재감이었다. 지긋지긋하게 직시하게 되는 나라는 파편이었다.

어쩌면 죽어가는 과정을 미처 인지하지 못하고 있거나, 죽었다는 사실을 이해하지 못하는 채로 이미 죽은 상태일지도. 죽었다는 걸 모르고 또 죽을 걸 기다리는 거라면, 산다는 건 얼마나 몽매한 일인가.

나는 갈수록 더욱 단순해지고 있었다. 뇌가 담긴 병의 보존액이 말라버렸는지도 모를 일이다.

이 희미한 의식마저 사라진대도 크게 아쉬울 건 없었다. 몸을 가지고 있던 시절에도 언제나 나를 무無라고 느꼈다. 그때와 비교해 딱히 달라질 것도 없으니. 외부에서 나를 인지하지 못한다면 그때는 드디어 완전히 소멸했다고 말해도 좋을 것이다.

"이건 폐기 처리해야 할 것 같네."

"아쉽네. 굉장히 열심히 해줬는데."

"여기까지 애쓴 것만도 대단하지. 노아도 수고했어."

노아와 동료의 목소리가 어렴풋이 들려왔다.

"소문 들었어? 이 사람이 유품으로 남긴 통장 잔고 말이야."

"오, 엄청난데? 이걸 알면 이 사람도 벌떡 일어날 텐데."

"어떻게든 알려줘. 가지고 있던 투자 상품이 드디어 떡상했다고."

"친인척도 없대? 아깝네."

맥락상 나를 두고 하는 얘기 같았지만 도통 내 얘기가 아닌 듯했다. 누군가를 놀라게 할 이야기가 내게 남아 있다니 신기할 따름이었다.

꿈을 꿨다. 매일 밤, 흉측한 작은 요괴들이 나를 향해 복수하러 달려드는 장면이나 썩어가는 시체가 나를 피해 도망치는 장면 같은 걸 보았다. 내가 담당했던 일들이 뭔가 악랄한 짓이었다는 걸 꿈이 알려주고 있었다. 할 수만 있다면 관여했던 일들을 모조리 되돌리고 싶었다. 처음부터 없었던 것처럼.

"근데 애도 별수 없구나. 여기까지 와서 환멸이라니."

사람들의 목소리가 들렸다.

"그냥 자기혐오야. 자신이 너무 미워진 바람에 만사가 다 미워진 거지."

다른 사람들의 말을 가르며 분명히 들려온 건 노아의 목소리였다.

"나 참, 우리 같은 편집인이라고 해서 설마 환멸을 모르겠어? 그래도 해야 하니 하는 거잖아. 비-편집인의 자기혐오는 너무 자기중심적이야. 아직도 세상이 자기들 중심으로 돌아가는 줄 아나봐."

역시 나는 생명이나 의지, 사물조차도 아니고 그림자나 흔적, 섬망에 지나지 않았던 것일까? 아무도 살아 있다고 말하지 않는 존재. 하나도 가진 게 없다고 생각했을 때, 소유했다고 생각지도 않던 것들마저 하나둘씩 다 빼앗긴 존재. 그런데 이상하게도 환영에 불과한 내가 여기 있음을 느낀다. 완전한 무無는 되지 않은 듯했다.

이렇게 사라질 줄 알았는데 그냥 멈춰 있다. 먼지처럼 부유하는 기분이다. 인간 이하, 밑바닥 이하, 기계 이하가 되어 무한히 제로로 수렴하는 무한소의 존재가 되어간다. 크기를 논할 수 없을 정도로 작게 쪼그라들어간다. 누군가의 발끝을 거슬리게 하는 쓰레기나 누군가에게 혐오를 일으키는 더러운 해충조차 되지 못하고 사그라진다. 그래도 아예 꺼지진 않았다. 의식이 있다는 것이 귀찮을 정도다.

혼자라는 감각이 또렷하지만 혼자서는 생을 이어갈 능력도 의지도 없다. 나 자신을 구할 존재가 내가 아니며, 내가 한 일이 나를 구제하지 못한다는 사실이 한없이 부끄러웠다. 존재하지 않는다면 아프지도 않을 텐데 통증은 사라지지 않았다. 이런데도 나라는 존재를 또렷이 인지하고 있다는 게 민망하다. 한없이 소멸에 가까워지지만 완전히 끝나진 않았다.

이제 나를 지우기로 한다. 귀찮은 존재감도 떠올리지 않기로 한다. 지금 이곳에 누가 있는지 주어를 떠올리지 않는다. 허무함마저 사라지면 모든 것이 사라질 것이다. 무의 상태임을 떠올리지 않을 수 있다면 그것이 바로 소멸이리라.

천천히 사라져간다. 수조의 전원 공급도 곧 정지될 것이다.

마지막이라고 결심한 순간, 아지랑이처럼 아내와 딸이 아른거렸다. 누군가 뇌를 자극해서 만들어낸 고작 환청과 환각에 불과한 존재가 나를 손짓해 불렀다. 그게 살고 싶다는 의지인지 죽음의 징조인지 헷갈렸다.

다음 순간, 눈을 뜬 나는 낯익지만 낯선 몸을 하고 있었다.

3장. 언더 더 바텀

-9

사방이 서서히 밝아오기 시작했다.

노아는 내게 세 번째 인생을 주겠다고 했다. 다시 시작할 수 있도록, 이전과는 다르게 느낄 수 있도록 해준다고 했다.

"먼 여행에서 돌아온 기분일 거예요. 퇴직금도 있겠다, 즐거울 일만 남으셨어요."

사람 몸을 얻었다는 설명을 듣고 떠밀리듯 연구소를 나섰다. 이게 인간의 육신이던가? 오랜만에 느껴보는 생체는 뻑뻑하고 불편했다. 주렁주렁 무거운 보조 장치를 단 것처럼 거추장스러웠다. 수신기 통신이 끊긴 것처럼 버벅였다. 기름기 없이 녹슨 자전거 체인처럼 삐걱거렸다. 뜻대로 움직이지 않아 기계를 조종하는 일보다 힘들었다. 약하고 늙은 몸을 얻은 것 같았다.

생명을 깎고 미래를 바쳐 얻은 보상이 고작 이 몸이라니……. 효율이 낮은 몸, 기능하지 않는 몸이었다. 노화만이 문제가 아니었다. 아픈 몸, 추한 몸, 깃들어 있는 영혼까지 하찮아지는 몸, 버려도 아깝지 않을 몸. 유일하게 다행인 점은 죽음이 멀지 않다는 것뿐이었다.

'아무도 안 가질 몸이군. 버려도 그만인 몸을 골라서 주었어.'

이 몸의 원래 주인인 영감은 도대체 어디서 영혼을 흘려먹고는 이 몸을 갖다 버렸을까? 저주하는 마음으로 거울을 들여다보았다. 영감의 얼굴이 어딘지 낯이 익었다.

"아……, 아버지?"

축 처진 어머니의 등을 떠밀며 어둠 속으로

사라졌던 부친의 얼굴이 떠올랐다. 부친이 살아 남아 나이가 들었다면 이런 모습일까? 너무도 똑 닮은 얼굴이었다. 혹시 만난 적 없는 조부인 가 싶어 거울 속 영감의 몸을 여기저기 살펴보 았다. 한 가닥 얇은 털이 팔뚝 안쪽의 점에 힘없 이 매달려 있었다. 이마를 모두 드러내고 입안 을 활짝 내보이며 거울 속 영감을 뚫어지게 응 시했다.

"설마……."

삐딱한 고개와 기울어진 눈매, 칼귀, 붉은 기 가 도는 눈동자……. 익숙한 얼굴이었다. 편집인 처럼 균형 잡히지도, 아름답지도 않은 몸이었다. 다양한 기계의 몸체를 직접 경험하며 미적 감각 이 확장된 눈으로 보아도 이 몸은 추했다. 검버 섯이 핀 얼굴, 깊은 도랑 같은 주름, 빠진 이빨과 늘어지고 변색한 피부가 덮고 있는 애처로운 영 혼을 노려보다 천천히 알아보았다.

"이럴 수가……."

믿을 수가 없었다. 그는 나였다. 나이 들어 쪼 그라든 나였다. 어떻게 된 일일까? 뇌를 다시 이

식했나? 죽었던 몸을 재조합이라도 한 걸까? 어쩌면 죽지 않았던 것일까?

익숙한 듯 익숙하지 않은 몸으로 나는 이전의 공간 속에 내던져졌다. 무거운 걸음을 옮겨 도시를 향해 걸어갔다. 기억하던 풍경과 다르지 않았다. 아니 이건……, 완전히 똑같았다. 맹렬한 폭염과 맹독한 공기가 피부와 폐부를 뚫고 스며들었다. 이미 오므라든 폐와 까맣게 변한 피부에 스민 오염과 부식이 새삼 두드러지지 않을 뿐이었다. 여전한 곳으로 돌아온 것이었다.

호화로운 건물에서 사람들이 쏟아져 나왔다. 보호 장비를 멋지게 차려입은 사람들은 내 앞에서 자연스럽게 갈라져 사라졌다. 다가오는 사람은 없었다. 모두가 무심하게 나를 기피하고 있었다. 역정이 났다.

"이봐, 왜 다들 날 무시해! 내가 비-편집인이라고 무시하는 거야? 어차피 너희들 다 취약해지고 열등해졌다며, 우리가 필요하다며!"

모두를 향해 호통을 쳤다. 하지만 입 밖으로 나온 말은 웅얼거리며 갈라졌다. 입 주변에서 자글거리는 잡음만이 매달렸다 흩어졌다. 아무도 그 소리를 귀에 담지 않았다. 호된 묵살이었다.

"우리 같은 비-편집인이 필요하다고 했잖아!"

딱 한 명, 내 말을 듣는 사람이 있다면 나 자신뿐이었다. 내 말을 듣는 이가 하나라도 있다는 게 다행일지도 몰랐다.

그길로 노아의 연구소 앞을 찾아갔다. 마주칠 때까지 기다릴 작정으로 주위를 서성였다. 내 앤티크 생체가 가진 우월성이 무엇이었는지 뒤늦게 궁금했다. 며칠 배회하다 우연히 건물 입구에서 누군가를 배웅하는 노아를 발견했다.

"노아······?"

건물로 들어가려던 노아가 나를 돌아보았다. 나는 그를 금세 알아볼 수 있었다. 그는 사육장에서 처음 만났던 시절과 다르지 않았다. 반면 노아는 나를 전혀 알아보지 못했다. 나는 나를 설명하려다 그만두었다. 대신 노아의 임상 실험에 참여하고 싶다고 넌지시 말해보았다.

"장담합니다. 선생님의 연구에 제 앤티크 생체 조직이 꼭 필요할 겁니다. 매우 유용할 겁니다."

호언장담하는 나를 보며 노아는 싸늘하게 말했다.

"나 참, 어디서 무슨 소문을 들었는지 모르겠지만 비-편집인에게서 추출할 강화성이란 건 없어. 그런 게 있대도 유전자를 교정해 보강하는 게 더 싸고 빠르지."

사실 노아가 하는 말은 귀에 잘 들어오지 않았다. 나이도 지긋해 보일 텐데 그가 내게 하대하는 것이 거슬렸다. 답할 의무가 없다는 듯 방자한 태도도 불쾌했다. 내가 누군지 알아보지 못해서 이러는 건가? 누구에게나 깍듯하고 다정했던 노아였는데.

"상대 좀 해주니까 자기들이 뭐라도 되는 줄 알지, 하여간……."

그 순간, 노아가 나를 알아봤다는 걸 알았다. 무시해도 되는 존재로 인지하고 있을 뿐. 나를 신경 쓰고 있다. 심히 경계하고 있다. 아, 저들은 언제나 우리를 인식해 식별하고 있다.

등을 보이며 제 갈 길을 가는 노아의 뒤통수를 향해 인사했다.

"잘 가, 노아."

노아가 그제야 뒤를 돌아보았다. 아주 잠깐 마주친 그의 눈 속에 여러 말이 담겨 있는 듯했다. '그때 넌 동의했잖아. 어차피 죽을 거, 뭐든 하겠다고 말이야. 안 그래?'라고.

내가 하는 일이 나를 구제해주길 기대했다. 주어진 역할을 감내한 덕에 구차하게나마 생을 누리고 있다고 자그마한 자부를 품고 싶었다. 만난 적은 없어도 먼 곳의 누군가에게 우회적으로 도움이 되는 일을 하고 싶었다. 작은 영향력에 뿌듯해하고 싶었다. 대단한 긍지까지는 바라지도 않았다. 미약할지라도 살아 있음을 실감하게 하는 뻐근함을 느낄 수 있길, 내가 했던 일을 떠올리며 그저 소소한 자존감을 느낄 수 있길 바랐다. 가끔이라도 좋았다.

하지만 이 삶은 내게 가르쳐주었다. 함부로 최악이라고, 바닥이자 끝이라고 말하지 말라고. 전에 감히 상상하지 못했던, 지독한 심연이 언제고 널 끌어내릴 거라고.

이전에 머물던 사육장을 찾아갔다. 그동안 무슨 일이 벌어진 건지, 얼마나 시간이 흘렀는지 확인하고 싶었다.

사육장은 완전히 그대로였다. 전과 똑같은 사람들이 그곳에 머물고 있었다. 그것만으로 단언할 수 있었다. 나쁜 일이 변함없다는 것은 더 나빠졌다는 뜻이다. 개선될 거란 희망이 더 옅어진 셈이니. 사육장을 둘러싼 이 세계는 변함없이 나빠지고 있었다.

머물렀던 칸으로 다가가 철창 문을 밀어보았다. 문은 아무런 저항 없이 열렸다. 공기와 냄새까지 고스란했다. 이전과 똑같이 비좁은 공간이 나를 맞았다.

나는 바닥에 깔린 폐지와 그 위에 깔아두었던 얇은 이불을 들춰 보았다. 철창에 걸린 더러운 수건과 아무렇게나 걸쳐두었던 낡은 옷가지도 보았다. 둥근 고리가 축 처져 있었던 노끈도 그대로 위 철창에 단단히 달려 있었다. 옷가지와 얇은 이불, 신분증과 통장, 봉분으로도 보이지 않을 만큼 납작한 세간, 간소한 유품까지…….

마치 엊그제 쓰다 둔 것처럼 익숙하게 닳고 낡은 상태였다. 늙고 쇠약한 내 몸뚱이를 생각하면 먼지가 되어 바스러졌대도 이상하지 않을 텐데 멀쩡히 낡아 보였다.

철창 안에 들어가 차가운 바닥에 머리를 댔다. 싸늘한 감각이 몸을 훑었다. 한숨이 터졌다. 어쩌다 이렇게 된 걸까. 어디서부터 잘못된 것일까.

눈을 감자 어릴 적 기억이 떠올랐다. 머릿속 시간 감각이 엉망진창이라 어떤 게 진짜 경험했던 일인지, 어떤 게 노아가 조율해준 기억인지 헷갈렸다. 노아가 매만지지 않았던 어린 시절의 기억만 골라서 떠올렸다.

편집아들 사이에 섞여 있던, 재력이 있는 비-편집아들이 있었다. 비-편집아들 사이에는 실패한 편집아들도 함께 있었다.

비-편집아들끼리는 언제나 몰려다녔다. 서로에게 쌍욕을 하고 경멸하는 표현을 뱉었고 그럴 때마다 편안했다. 우리에게 어울리는 모욕과 저주의 말을 주고받으며 즐거워했다. 그러던 어느 날, 평소처럼 농담하던 중 우리 사이에 말없이 끼어 있던 A가 눈물을 터트렸다. 그 애가 편집아였다는 사실은 그 아이가 전학을 간 이후에 들었다. 실은 전학이 아니라 집에 은둔했다는 소문이 조금 더 개연성이 있었다. 이름도 정확히 기억이 안 나는 그 애는 편집 시술 부작용을 앓았다. 면밀하게 준비한 편집 시술 덕에 부모가 계획했던 대로 에이즈와 그 외 가계 유전병은 앓지 않았지만 에이즈 면역형 유전자 편집아에게 자주 발생하는 N-CCR5라는 신종 질환을 얻었다. 아이는 부모를 증오했다. 차라리 에이즈 환자로 태어나고 싶었다고 말하곤 했다. 한때 완치가 어려운 병이라 여겨졌다지만 이제는 에이즈 치료제가 시판되고 있다. 가격도 비교적 쌌다. 부모 욕을 하는 자리에선 A도 우리와 똑같이 거친 말들을 뱉었다. 그래서 어색함 없이 늘 함께했었다.

하지만 A는 우리가 서로에게 쏟아내는 거칠고 날카로운 말들에는 동의하지 않았다. 우리는 충분히 우리를 경멸했다. 어차피 우리는 비-편집아니까. 그러나 A는 달랐다. 자신의 상태를 그저 아쉬워했을 뿐, 스스로를 우리만큼은 경멸하지 않았다. 그때 나는 A의 알량한 자존심을 마음껏 비웃었다. 태어날 때 편집 시술을 받았었다는 사실 하나가 뭐가 그렇게 대단한데? 어차피 너도 지금은 우리랑 똑같은 비-편집아 처지잖아? 너도 앞으론 비-편집아로 살아가게 될 텐데. 포기하면 편할 텐데.

우리 곁에 어물쩍 서성이면서도 자신은 다르다고 항변하려 기를 쓰다 눈물을 터트리던 아이. A를 떠올릴 때면 나는 무덤덤했다. A가 편집 시술을 받고 태어난 게 부럽다는 생각은 하지 않았다. A가 우리보다 우월한 면이 있을지도 모르겠으나 네가 우리보다 낫다는 말도 하지 않았다. 그렇다고 대놓고 어차피 너도 우리랑 똑같은 신세라는 말도 하진 않았다. 비-편집아인 우리끼리 하는 아픈 말들은 우리라서 견딜 수 있을 테니까.

편집아, 비-편집아와 같은 구분 말고 A와 우리를 한데 묶어 칭하는 말이 있었다면 어땠을까? 그랬다면 A가 은둔했다는 그 방 창문을 노크해볼 수도 있었을까.

또 다른 아이 B에 대한 소문은 A와 대조적이었다. 겉보기에 B는 편집아로 보였고 태연히 편집아들 사이에서 생활했다. 그러나 사실 비-편집아이고 후천적인 시술을 반복했다는 소문이었다. 수술을 얼마나 자주 했는지 머리카락으로 감춘 두피에는 작은 수술 자국이 가득하다는 소문도 돌았다. B는 유전자 편집 시술은 받지 못해 비-편집아로 태어났지만 성장하면서 각종 시술을 반복했다. 발달 촉진제를 맞고 기억력 증강 시술을 받고 뇌 자극 시술도 꾸준히 받았다. 편집아를 능가하는 지능적 우월함을 보이며 어느 순간부터 B는 편집아로 받아들여졌다. 그 애는 자신이 선천적 편집아인 양 행동했는데 연기력도 탁월했다.

B의 부모는 출산 시점에는 가난했지만 갑자기 사업에 성공해 영유아기 이후 후천적 강화 시술의 비용을 감당할 수 있었다. 태아의 유전자

편집보다 생후 시술 비용이 더 비쌌다.

B의 부모는 어떻게 갑자기 성공했을까? 궁금한 마음도 없진 않았지만 호기심을 보여봐야 쓸데없는 일이었다. 저축도, 부동산도, 주식도……. 비-편집인이 떼부자가 되는 방법은 없었다. 그러니 극히 일부 누군가의 성공 사례라 해도 흉내 낼 수 없었다. 무관심한 와중에도 소문은 점점 부풀었다. B의 부모는 우리의 경망스러운 입방정 속에서 어느 나라의 마피아나 야쿠자로 활약 중이었다.

언젠가 비-편집아인 내 친구들 몇 명과 함께 B를 찾아간 적이 있었다. 우리는 그 애의 머리카락을 들춰 두피에 새겨진 크고 작은 수술 흉터를 세어보며 말했다.

"야, 너도 우리랑 똑같다면서? 아닌 척해봐야 너도 열등하잖아."

"편집아들이 끼워줘서 좋았어? 이제 안 끼워주면 어떡할래?"

우리는 질투심을 드러내며 괜히 심술도 부렸다. 그러잖아도 못생기고 찌그러진 얼굴이었는데 B를 둘러싸고 일부러 더 험악한 얼굴을 만들어 보이며 추궁했다. 그때 B의 눈빛에는 약간 두려움이 스쳤다. 엄밀히 말해 그건 우리를 향한 두려움이 아니었다. 편집아들 사이에서 배제될 것을 걱정하는 거였지. 잠시 침울한 표정을 보이던 B는 우리에게 편집아 친구가 있냐고 물었다. 엉겁결에 솔직하게 답한 바람에 우리 중 편집아 친구를 둔 애는 아무도 없다는 것이 드러났다. 우리가 자기 친구인 편집아들에게 아무런 신뢰를 주지 못할 것을 확신한 B는 험악한 표정을 짓는 우리 앞에 가래침을 뱉었다.

"그래서 뭘 하겠다고? 할 수 있으면 한번 해보시던가."

나는 B의 눈에 비친 두려움을 조금은 읽었다. 두려움을 알면 그의 약점을 아는 거니까. 오래오래 그 애를 괴롭힐 수 있겠다는 생각이 들어 살짝 설레었다.

하지만 B를 겁주려던 나의 멍청한 비-편집아 친구들은 그 애의 말을 듣고 좌절하고 말았다. 우리는 B처럼 되는 것도 불가능했다. 우리의 부모는 성형수술이나 후천적 유전자 시술을 시도할 재력이 없었다. 우리 중에 편집아들과 동등한 기억력과 지능, 높은 성적을 후천적으로 획득한 사례가 있대도 달라질 건 없었다. 우리는 노력해서 편집아가 될 시간도, 돈도 없었고, 딱히 의지도 없었다. 아둔한 내 친구들은 두려움이 담겨 있던 B의 눈빛을 간파하지도 못한 채 슬그머니 악의를 상실했다. 너도 우리랑 똑같단 말을 할 의욕마저 잃고, 상대를 괴롭혀줄 생각도 사라지고 말았다. 우리는 악당도 되지 못할 머저리들이었다.

왜 그런 녀석들이 지금 떠오르는 걸까? 예외적인 일들이 있었다. 살면서 자주 만났다.

나는 언제나 두 가지 범주만 떠올리며 살았다. 비-편집아들 사이에 끼어 있던 실패한 편집아가 있대도, 편집아들 사이에 끼어 평범하고자 필사적이었던 비-편집아가 있대도 그건 어디까지나 예외일 뿐이었다. 애매한 일들은 피하고 외면하며 루저의 위치를 재확인하는 데만 몰두했다. 패자가 될 자격만을 의식하며 살았다.

이제 생각하니 예외적인 일들이야말로 지극히 예사로웠다. 예외를 통해서만 우리는 우리의 특수함이 예사롭다는 사실을 확인해왔다. 예외만이 기준의 무의미함을 드러낸다. 그렇다면 예외야말로 그저 평범한 일이다. 예외가 근원이고 고유함이며 본질이다. 예외가 이 세계의 본질이었다.

-10

내 방 맞은편에 쭈그리고 앉은 노인에게 다가갔다. 어쩐지 그도 낯익었다. 철창 맞은편에서 늘 노인을 바라보던 그 시절이 기억났다. 나는 그를 경멸하고 미워하다 못해 혐오했었다. 저이처럼 늙어가기 전에 일찍 죽겠다고 결심했었다. 나는 그의 옷가지와 볼품없는 세간을 한참 노려보다 자리에서 벌떡 일어났다. 다짜고짜 그의 공간으로 들어갔다. 확인하고 싶은 게 있었다.

"뭐야?"

저지하는 노인을 말없이 밀어냈다. 그의 옷가

지와 소지품을 살펴보았다. 그는 깡마른 몸집에 비해 대단히 헐거운 옷을 걸치고 있었다.

"이거, 다 누구 거지?"

내 말을 공격으로 받아들였는지 노인이 노발대발했다.

"다 원래 내 거였어! 어디서 도둑놈 취급을 하고 있어!"

훔쳤냐고 추궁하는 건 아니었다. 옷들이 그의 몸에 비해 너무 커서 궁금했다. 혹시 다른 이의 옷일까? 아니면 다른 사람이 된 것처럼 그가 달라진 것일까? 갑자기 살이 빠진 사람처럼 그의 턱살이 늘어져 보였다.

"열심히 일하고 돌아와보니 몸무게가 50킬로나 줄었지 뭐야. 그 새끼들, 어찌나 삥삥이를 돌려대던지. 내 속에서 한 사람쯤 쑥 빠져나간 거지, 뭐."

돌아왔다는 표현이 묘했다.

"얼마 만에 돌아온 건데?"

그러자 노인이 시커먼 입안을 보이곤 바람 빠지는 소리를 내며 웃었다.

"어디 보자, 어떻게 설명해줄까? 나는 한 100년
만에 돌아온 줄 알았거든. 분명히 100년 이상 일
했다니까. 돌아와서 보니 이곳에선 고작 석 달
지났더라고."

"석 달?"

그의 말이 내게 확신을 줬다. 마치 며칠 전처
럼 내게도 이곳은 변함없었다.

"그 새끼들이 나보고 다시 시작할 수 있다고
하더라고. 고맙다고 했지. 나도 처음엔 먼 여행
을 갔다 돌아왔다고만 생각했어. 근데 아니잖아.
뭐 하나 다시 시작할 수는 없게 됐는데……."

나는 미간을 잔뜩 찌푸리며 그의 다음 말을
재촉했다.

"무슨 일을 했지?"

"화산 분출구에서 일했어. 당장 막아내지 못
하면 지구가 끝장난다잖아. 그런 데를 누가 가겠
어? 그러니까 앞으로 남은 시간까지 다 끌어와
서 미리 써버려도 아무 말 안 할 놈들만 간 거야.
몸은 마비시켜놓고 뇌 활동만 가속시켰다지? 그
바람에 100년쯤 지난 줄 알았지 뭐야."

체감 시간을 늘려 단기 노동력으로 사용했다는 말이다. 노아는 내 시간을 잘게 잘라 다양한 업무를 할당했다. 먹지도 자지도 않고 뇌만 움직여 일하게 했다. 노화한 몸을 얻은 게 아니라 미래까지 다 끌어와 쓰고 버림받은 거였다. 늙은 이 몸은 열심히 일한 뒤 받은 껍데기, 시간이란 알맹이가 빠져나간 허물에 지나지 않았다.

은행 계좌를 확인해보니 연구소 명의의 임금이 있었다. 당분간 살 수 있는 돈이었지만, 달리 말하면 당분간 살다 죽을 수 있는 돈이었다. 이걸로 작은 모텔 같은 곳에 몇 달 머물다 수명이 다해 죽게 되겠지. 그게 내게 허락된 여생이었다. 잘 곳을 찾아 들어가려다 걸음을 멈췄다. 길목에서 기름진 음식과 술 냄새가 풍겨 왔다. 나는 잔고를 털어 음식과 술을 샀다. 장정 열 명쯤 먹을 양이었다. 음식을 짊어지고 사육장으로 향했다.

음식 냄새를 귀신같이 알아챈 이들이 입구에서 한참 먼 곳까지 나와 있었다. 음식을 건네자 모두의 얼굴에 환한 열기가 솟았다. 사이좋게 짐을 나눠 들고 언덕을 올랐다. 공터에 전부 펼쳐놓고 서로 먹여주었다. 혼자 다 먹어치우면 탈이 날 거였다. 자신을 지키려는 방어적 계산일지도 모르지만 다들 기꺼이 나눴다. 어차피 자기 것이 아니라 나누는 일에 생색내는 사람도 없었다.

생애 마지막 만찬인 것처럼 맛있게 즐겼다. 합동 제삿날이라도 된 것처럼 와자지껄했다. 오늘 죽으려고 결심했던 사람이 잠시 그 결심을 미뤄서 다행이라며 안도했다. 음식 냄새와 함께 모두의 온정이 분출했다. 나는 전에 머물던 철창 안으로 들어갔다.

모든 일은 이곳에서 시작됐다. 체념도 이곳에서 시작됐다. 이곳으로 밀려온 바람에 어쩔 수 없다 생각했다. 벌받듯 일어난 일들이라고만 생각했다. 이곳에선 남들도 나를 포기했고, 나도 남을, 그리고 나 자신을 포기했다. 아무와도 마주 보지 않았고, 누구에게도 맞서지 않았다.

연구소 건물 앞에서 만났을 때, 노아의 경멸 어린 눈빛은 이렇게 말했던 것 같다.

이제 알았어? 우리가 다 준비한 거야. 누가 자기 뇌를 선뜻 제공하겠어? 활동력 있는 젊고 싱싱한 뇌를 찾기는 더욱 어렵지. 그러니 기다리기만 할 순 없었지. 만들어내야 했지.

저들은 무력하고 자포자기한 젊은 노동력을 계속해서 찾았다. 스스로 열등하다고 인정한 자들을 찾아내다 결국엔 만들어냈다. 자질구레한 욕구조차 어마어마하게 사치스러운 거라 여기도록 세상의 기준을 튜닝했다. 쓰러진 이의 눈앞에서 최하 이하의 조건을 흔들었다. 그게 어디냐, 하며 덥석 물도록.

다 아는 이야기였는데 막상 내 일이 되니 몰랐다. 또 당했다. 알고서도 당한다. 안 당할 방도가 없다.

-11

떡 진 머리칼이 뻣뻣하게 엉긴 옆방 남자가 내게 손을 뻗었다. 음식을 달라는 줄 알고 건넸건만 그는 내 손을 밀어버렸다. 그러곤 다시 손바닥을 내밀었다. 뭘 원하는 건지 말이라도 제대로 해야지. 씁, 소리를 크게 내며 혀를 찼다. 자기 뜻을 명확히 전하지도 못할 만큼 그는 신경질적이고 게을러 보였다.

그는 자포자기한 것 같았다. 될 대로 되라지, 죽기밖에 더하겠어. 그의 마음이 너무도 투명해 보였다. 하지만 반대로 생에 대한 집착과 미련도 비쳤다. 자신을 경멸할 만큼의 힘이 그에게 있었으니까. 사는 일에 의욕이 없다는 뜻을 분명히 발산할 정도로 그는 살아 있었다.

흐트러진 머리카락 사이로 옆방 남자가 눈을 번쩍였다. 수월히도 얻었다는 듯 그는 내가 가진 것들을 노려봤다. 힐난과 환멸이 담긴 눈이었다. 그는 나를 얕잡아 보았다. 앞으로의 시간까지 저당 잡혀 일한다면 자신은 더 많은 것을 얻을 거라고 비웃고 있었다. 몸이든 목숨이든 당장 버릴 수 있다며, 허세를 각오라 여기는 듯했다. 알량한 자선이든 뭐든 내게선 아무것도 받지 않겠다고 내치면서도 배가 고파 침이 꼴깍꼴깍 넘어가고 있었다. 나를 혐오하고 무시하면서도 부러워했다. 그는 내 세간을, 그중에서도 통장을 빤히 보고 있었다. 음식을 잔뜩 사 온 일로 나의 재력이 궁금해진 모양이었다.

노려보려면 제대로나 노려보라지. 철창 문을 열고 그에게 다가갔다. 얼굴을 반 넘게 덮고 있는 더벅머리 머리카락을 함부로 젖혔다. 그는 더러운 얼굴을 찡그리고 있었다. 누구와도, 무엇과도 마주할 의향이 없다는 듯 두 눈을 질끈 감고. 얼굴을 마주한 순간 밀물처럼 지워졌던 기억이 밀려 들어왔다. 나는 그를 알아보았다.

"아……."

그는 내 아내, 유진이었다.

"유진아……."

그는 실눈을 떴다. 그러곤 부정하지 않고 반문했다.

"뭐야, 누구신데요?"

이제야 내가 무엇으로부터 벗어나고자 몸부림쳤는지 알 수 있었다. 나는 그가 허상임을 알고도 장례를 치렀고, 그가 허상임을 미워하다 죄책감을 느꼈다. 내 존재와 바꿔 그가 존재하길

원했다. 그를 잊기 위해 영겁과도 같은 시간을 보냈다. 헝클어진 시간 속, 서로의 실체마저 비틀린 채, 무책임한 주선으로 이어져 우리는 다시 만났다.

"유진아. 유진아."

내가 울먹이며 그의 이름을 부르자 그는 황당하다는 표정을 지었다. 그는 내 아내와 전혀 다른 존재였다. 성별이 다르고 모습이 다르고 성격이 달랐다. 그럼에도 둘 사이의 또렷한 이음새를 느꼈다. 저들이 보여줬던 허상은 우리 같은 자의 삶을 가져다 구축한 것이었나 보다. 저들은 우리 존재를 거짓의 재료로 삼았다. 우리의 말과 생각과 차마 드러내지 않은 속마음까지 모두 혼합해 가짜를 만들어냈다. 교묘하게 개연성 있는 가짜를 공들여 기획해냈다. 유진은 짜증을 내며 더벅머리 머리카락으로 얼굴을 가리고 재차 몸을 웅크렸다.

억지로 마음을 진정시키며 그에게서 한발 멀어졌다. 그는 일절 움직이지 않았지만 나는 그가 필사적으로 꿈틀대고 있음을 알 수 있었다. 끝을 궁리하는 자의 모습이었다. 나 역시 그랬었다. 새삼 부끄러웠다. 유진은 자포자기하지 않았으면 좋겠다. 이런 내가 유진을, 나와 상관없는 타인을, 단 한 사람이라도 좋으니 내 손으로 구할 수 있을까. 그의 끝을 미뤄볼 수 있을까.

유진을 지켜보며 나는 계속 사육장 철창 안에 머물렀다. 나를 어찌할 수 없던 시절이 있었지만, 동시에 내겐 그가 곁에 있어서 구원이었던 시절도 있었다. 거짓으로 탄생했으나 내게는 진짜였던 순간이었다. 그리고 이제 눈앞에 다시 유진이 있다. 허상이었던 거짓말을 물성이 있는 이야기로 바꿔낼 수 있을지도 모른다. 새로운 해석을 기다리는 과거가 내 앞에 놓인 듯했다. 아무렇게나 밟아댔던 쓰레기가 운명적인 복선이 되는 거다. 지금부터 내가 어떻게 움직이느냐에 따라 유진의 끝은 바뀔 수 있다.

유진의 곁을 얼쩡거렸다. 그에게 나는 냄새 나는 괴팍한 노인일 뿐이었다. 그의 구원이 되기는커녕 관심을 끌 리도 만무했다. 곁에 서 있는 것만도 어려웠다. 유진의 후견인이 되겠다 해도 거절당하겠지. 너의 사랑을 받느니 죽어버리겠다는 말이나 들을 것 같았다. 나의 간절함이 그에게는 치 떨리는 일이 될 거였다. 우리가 딱 석 달 전에 서로의 눈을 마주할 수 있었다면 이후의 일들은 어떻게 됐을까?

늙어버린 몸이 원통하다. 태어난 순간에도 그러했지만 죽어가는 와중에도 몸에 갇힌 운명이다. 어떤 몸을 얻더라도 그 안에 영혼이 갇힐 신세다. 노쇠한 몸에 영혼이 갇히는 건 더 쉽다. 요즘은 눈을 뜨기만 해도 아집이라는 말을 듣고, 숨을 쉬기만 해도 만용이란 소리를 듣는다. 입을 열면 생떼라고 하고, 아무런 반응을 하지 않으면 고기밥이란 이야기를 듣는다. 나와 긴밀하게 얽혀 있는 일들은 내가 뭘 한들 나와 상관없는 곳으로 가버린다. 짧은 인생, 인간 이하로 태어나 인외人外 바깥의 존재로 사라져간다.

주책이란 얘길 듣겠지만 마지막으로 헛된 꿈을 꿔본다. 한 번쯤은 결과를 따지지 않고 뜻이란 걸 품어보는 꿈. 그래도 나만을 위한 일이 아니라면 조금은 덜 추접하단 말을 듣지 않을까?

유진을 떠올리며 이리저리 몸을 움직이다 우연히 부친이 남겨준 계좌를 확인했다. 어마어마한 숫자가 떠 있었다. 날짜를 보니 작은 원 안으로 뛰어들어 죽으려고 했던 바로 다음 날이었다. 죽으려던 순간 급등한 모양이었다. 연유를 알아보았지만 우연이라고밖에 말할 수 없었다. 죽으려던 나를 제지해 노아가 이용해 먹은 게 처음으로 고마워질 지경이었다.

이 돈으로 유진과 새로운 삶을 시작하면 어떨까? 유진에게 재산을 물려주고 유진의 자식을 손자처럼 돌보는 여생을 꿈꿔도 좋지 않을까? 허상도 꿈을 품게 하는 순간 실재가 된다. 꿈조차 꾸게 하지 못하는 실존이야말로 허상이다.

유진을 양자 삼아 이곳을 나갈 궁리를 했다. 유진도 가끔 무심한 얼굴로 나를 바라보기 시작했다. 유진의 날카로운 눈을 보며 무슨 거짓말을 늘어놓을까 생각했다. 내 아들과 너무 닮았다고, 아니면 일찍 헤어진 동생이 생각난다고, 그래서 너를 보자마자 무턱대고 아끼게 됐다고 말하면 믿어줄까.

양부모와 양아들 관계가 아니어도 좋았다. 어떤 사이인지 정의되지 않는 관계가 될 수 있을지도 모른다. 돈 때문에 같이 사는 거라 해도 괜찮다. 그저 밤이 되어 돌아갈 곳에 안전과 쉼이 있었으면, 그곳에 그가 있었으면 했다. 상상만으로도 들떴다.

그런 곳에 가고 싶다. 지붕이 있고 현관이 있는 곳에. 바깥보다는 약간 덜 위험한 곳에. 충분한 채광과 적절한 온도까지 바라진 않는다. 그저 가족이나 친구와 다름없다고 말할 사람이 있는 곳. 네가 나를 온종일 기다리지 않더라도, 나를 기다릴 사람이 있다고 믿을 수 있는 곳에 가고 싶다.

며칠 후 옆방 쪽에서 귀에 익은 목소리가 들려왔다.

"선생님의 앤티크 생체 조직을 추가로 제공해주실 수 있겠습니까? 충분히 보상하겠습니다. 저희 팀이 찾고 있는 특별한 조직입니다. 선생님이 가진 본연의 자질로 인류에 기여하게 될 겁니다. 선생님의 인생을 저희가 사겠습니다."

목소리의 주인은 노아였다. 유진의 방 앞에 다가서자 유진의 팔뚝 피부조직을 채취한 노아가 상처를 아주 세심히 소독해주고 있었다.

"노아 선생, 내 조직도 그렇게 특별하다더니 왜 이젠 거들떠보지도 않으실까?"

노아는 눈 하나 깜짝하지 않고 나를 무시했다. 정말로 아무런 상관도 없다는 듯 태연했다.

"어르신, 무슨 말씀이세요?"

노아는 상관하지 않겠다는 뜻을 담아 나를 내려다보곤 유진을 향해 공손히 인사하고 자리를 떴다. 유진이 노아의 태도를 보고 알아차리길 바랐다. 노쇠한 나에게만 태도를 달리하는 노아의 태도는 결국 젊은 사람도 존중하지 않음을 뜻한다는 걸. 유진은 아무것도 담기지 않은 눈으로 나를 올려다봤다.

노아가 돌아간 뒤 나는 부친의 통장을 유진에게 보여주었다. 어마어마한 숫자를 보자 유진의 표정이 달라졌다. 그 금액이면 후천적 편집 시술을 받을 수도 있고 성형수술을 할 수도 있다. 편집인인 척하며 살 수도 있다.

다른 일도 할 수 있다. 어쩌면 노아보다 더 좋은 보수를 걸고 이곳에 모여든 자포자기한 사람들의 인생을 마음껏 사들일 수도 있다. 일을 시키고 보수를 주며 시혜를 베풀 수도 있다. 노아보다는 인간적인 조건에서 이들을 부려먹을 수 있다. 나라면 노아보다는 사육장 인간들을 그나마 연민하고 애증하는 마음이 있으니까. 이들을 지배할 수도 있고 복종시킬 수도 있다. 지배할 수 있다고 단언하는 건 내가 일찌감치 복종했었기 때문이다. 만약 노아의 지시에 복종하지 않았다면 이곳 사람들을 굴복시킬 수 없을 거라고 믿었을 것이다. 이들을 모두 움직일 수 있다면 나는 또 무슨 일을 할 수 있을까?

유진과 함께라면 뭐든 해볼 수 있을 것 같았다. 사육장을 근사한 공간으로 바꿀 수도 있고 이곳의 절망한 자들에게 죽지 않을 작은 이유를 안겨줄 수도 있다. 노아가 내게 제시해준 것만큼 드라마틱하지는 않더라도 희망을 찍어내 보여줄 수 있다. 장래를 일찍 소진하지 않아도 원하던 미래를 끌어올 수 있다. 우리가 할 수 있다.

부친이 내게 맡긴 유산은 줄곧 회의감뿐이었지만 나는 유진에게 희망을 남겨줄 수 있다.

유진과 만날 때마다 괜히 날씨 얘기를 했다. 음식을 선물하고 인터넷으로 산 물건이 남았다며 건네기도 했다. 그의 기분을 살피면서 조금씩 살아온 이야기를 들었다. 우연한 타이밍인 양 신중히 그를 독려해 일광욕을 권했다. 짧은 대화를 이어가다 점점 긴 대화를 나누게 됐다. 그는 서서히 나와 눈을 마주쳤다. 계좌 잔고를 봤기 때문이라고 하더라도 괜찮았다. 내가 다가갈 때 움찔하지 않는 것만으로 안도했다. 사랑이 아니어도 좋았다.

앞으로의 계획을 물으면 기나긴 침묵이 돌아왔다. 유진의 답은 똑같았다. 모르겠어요. 모릅니다. 몰라요. 모른다니까요. 그걸 알면 이러고 있겠어요. 날 선 답이었지만 그가 내 질문에 답하고 있다는 게 나쁜 징조는 아닌 것 같았다.

나는 유진에게 말했다. 앞으로의 모든 일을 다 계획하지 않아도 된다고. 최대한 예사롭게 말해주었다. 언젠가 내 아내 유진이 내게 해준 말처럼.

"정민 씨, 내가 얼마나 게으른 사람인지 아직 모르는구나? 무계획을 세상에서 가장 잘 계획할 수 있는 사람이 바로 나야."

이번엔 내가 네 곁에서 그 말을 계속 들려줄게. 너무 오래전 일처럼 느껴진 탓에 밋밋하고 뜬금없는 말이 돼버렸지만 유진에게만큼은 특별하게 들리길 바라며 말했다.

"내가 원래 무계획을 계획하는 게으른 사람을 좋아하거든."

유진이 코웃음을 한번 치더니 심드렁하게 대꾸했다.

"그거 난데?"

유진은 연신 콧방울을 만져댔다. 나는 아내 유진과 느긋하게 꼼지락거리던 일상을 떠올리며 약간 감상적인 기분이 되었다.

유진이 드디어 마지막 순간을 미루기로 했다고 내게 털어놓았다. 유진의 방 앞을 며칠 서성이던 노아는 낌새를 채곤 다른 사람에게 다가갔다. 얼마 전 사육장에 새로 유입된 사람이었다. 세상 누구보다 절망스럽다는 표정을 짓는 것으로 보아 덜 절망한 사람이었다. 노아는 각오하던 최악보다 한층 더 밑바닥인 최악이 있음을 아직 모르는 자들에게 정중한 태도로 다가가 그의 앞날을 매수했다. 지금 와서 보니 노아의 뒷모습은 꽤 필사적이었다.

유진은 연구소에 가지 않게 되었다. 앞으로 하고 싶은 일을 발견하기 전까지 나와 함께 살겠다고 했다.

믿고 싶었다. 내가 그의 최악을 막아낸 거라고. 그의 미래를 살려낸 거라고. 유진을 위해 버텨온 거였다고.

-12

며칠 후, 강물이 불어나 사육장 주변을 순식간에 뒤덮었다. 늪처럼 찐득하게 고였던 오물 젤리가 물에 불어 사육장 구석구석 빈 곳 없이 밀어닥쳤다. 기록적인 폭우였다.

"유진아!"

턱까지 차오르는 오물을 가르며 목 놓아 유진을 불렀다. 불어난 물과 산사태가 만들어내는 굉음에 비하면 내 목소리는 모깃소리 같았다. 시큼한 오물이 콧속을 파고드는 순간, 건너편에서 허우적거리는 유진을 발견했다. 유진이 있는 쪽으로 몸을 돌리려다 그만 발을 헛디디고 오물 속으로 고꾸라지고 말았다.

건너편에서 유진도 나를 발견했다.

"선생님! 선생님!"

유진이 나를 부르고 있었다. 흙과 오물을 잔뜩 머금은 빗방울이 눈을 찔러대 앞이 전혀 보이지 않았다. 하지만 유진이 다가오는 것을 분명히 감각할 수 있었다. 나의 사랑하는 아내, 이제는 나의 사랑하는 아들. 그가 나를 향해 다가오고 있었다.

진흙을 너무 많이 먹어 나는 유진을 부를 수가 없었다. 숨조차 쉴 수 없었다. 유진의 형체가 근처까지 왔음이 느껴지자 품속에 꽉 묶어두었던 작은 주머니를 꺼냈다. 통장과 신분증과 위임

증을 넣어 밀봉해둔 주머니였다. 통장 때문에라
도 유진이 나를 구하러 온다면 우리에겐 인연이
생기는 거다.

"선생님! 저 여깄어요!"

유진의 목소리를 들은 바로 그때, 갑자기 불어
온 진흙 덩어리가 머리 위로 쏟아졌다. 묵직함이
온몸을 압도한다. 쇳물 속에서 녹아 흩어졌던 때
가 떠올랐다. 이번에야말로 진짜로 끝이다. 마지
막은 짓눌려 죽는다. 압살이다. 나는 마지막 순
간에도 운명이나 신을 탓하지 않았다. 그저 사
람이 원망스러웠다. 무력하게 죽어가면서도 저
들 탓임을 똑똑히 알고 있는 게 나의 유일한 자
부다.

앞이 보이지 않았지만 손끝에 닿은 것이 유
진이라 믿고 나는 통장과 신분증이 담긴 주머니
를 던졌다. 유진에게 남겨줄 것은 장례를 치르기
도 애매한, 지문마저 건질 수 없는 내 시신이 아
니라 희망이 되어야 했다. 유진도 똑같이 생각한
모양이었다. 유진은 망설임 없이 통장이 떨어진
곳을 향해 몸을 던졌다.

정신을 잃었던 나는 오물을 잔뜩 게워내고 일어났다. 이곳에 흔적조차 찾지 못하게 묻히고 싶었지만 그것도 허락되지 않았다. 줄곧 누군가가 기획한 삶이었으니 기획된 죽음 속에서 마지막을 맞으려 했으나 아직 끝이 아니었다.

사육장 인간들 대부분이 죽었다. 수습되지 않은 시신이 90퍼센트 이상이었다. 시신 몇 구가 작은 언덕 위에 아무렇게나 널려 있었다. 그 사이에 유진이 있었다. 그에게 남긴 주머니를 단단히 쥐고 싸늘하게 누워 있었다. 마지막 순간 목숨을 걸고서라도 붙잡으려 했던 강렬한 염원이 그 손안에 있었다. 유진의 차가운 손가락을 아무리 펼치려 해도 꿈쩍하지 않았다. 그건 그가 나와 함께할 유일한 이유였다.

유진과 새로운 가족이 되어 사육장을 떠나는 일은 실현되지 못했다. 허상을 새로운 진실로 만들려는 시도마저 흩어지고 말았다. 끝까지 잔인한 생이었다.

나중에 듣고 보니 그날 시간당 최대 강수량이 역대 기록을 갱신했다고 한다. 직전의 역대 기록도 먼 옛날은 아니었다. 내가 사육장에 들어오기 전이라 몰랐지만 고작 1년 전의 일이었다. 모든 게 떠밀려 간 곳에 아무런 조치도 없이 똑같은 사육장이 재건되었다. 사람이 모여들기만 하면 이상하게도 최대 강수량 기록이 갱신된단다. 아니, 그것보다는 주기적으로 기록이 갱신되어도 아무 정비 없이 이전과 똑같은 사육장이 생긴다는 게 더 이상했다. 강수량을 방치했든, 사육장을 방치했든, 현상을 방치했든 다 누군가가 조장한 일이다. 그것이 이번에도 내게서 유진을 앗아 갔다.

어디까지 바닥을 느껴야 이 참담한 삶이 끝날까. 사소한 정, 미지근한 의욕, 티끌만 한 도의마저 모두 지워내야 한다는 걸까. 작은 뜻조차 품지 말란 얘길까. 살았다는 실감도 죽었다는 안도도 내 것이 아니란 걸까.

나미와 장비들이 떠올랐다. 생존에 집착하지 않는 단순 기계가 된다면 그때는 나도 하나의 개체라고 불릴 수 있을까.

사육장이 재건되자 또다시 인간들이 모여들었다. 이곳은 그나마 활용할 수 있는 단기 노동력을 선별하는 곳이자, 불필요한 인간들을 임시로 모아두다 사고를 가장해 처분하는 곳이었다. 반복되는 정황이 꽤 상세하게 알려져 있었지만 상관없다고 말하는 자들이 몰려왔다. 죽을 일만 남았다 자청하는 자들이 철창 안으로 들어갔다.

새로 유입된 자들이 옥신각신 맹렬한 실랑이를 벌였다. 철창 방 한 칸에 가격이 붙어 거래되었다. 돈이 없는 자들은 교환 가능한 노동으로 값(빚)을 책정하기도 했다. 죽으러 가는 길도 비쌌다. 목숨을 다 쏟아도 살아남을 수 없을 정도로 비쌌다. 살아남을수록 적자다.

나는 그곳에 머물렀다. 돈을 나눠줄 생각으로 사육장에 모여든 사람들과 게임을 했다. 얼마든지 져줘서 이들을 이곳 바깥으로 내보내려는 계산이었다.

"영감님, 나는 재산이 한 푼도 없는데 뭘 걸면

됩니까?"

그런 이들에게는 농담 삼아 수명을 1년쯤 걸라고 했다. 회수해 갈 수 없는 걸 알기에 농담으로 안 인간들이 즐거워하며 내가 앉은 탁자 맞은편에 앉았다. 어차피 연구소에 가서 잃어버릴 시간이라면 내가 사주마. 거기에 가지 않는 게 시간을 버는 일일 테니. 대신 나와 조금 놀아주겠나. 나의 부친이 간절히 원했던 미래를 조금 나눠줄게. 어차피 내 미래가 아니었다. 설령 예정되었다 해도 이제 와 누리고 싶은 미래도 아니었다.

그곳에서 나는 승승장구했다. 상대의 수명을 무섭게 따 모으기 시작했다. 판돈이 점차 커졌고 그럴수록 계속 이겼다. 지는 것이 무섭지 않으니 몇 번 진 것쯤이야 금세 잊을 수 있었다. 한 번도 진 적이 없었던 것처럼, 애초에 이기기 위해 태어난 것처럼 파죽지세였다. 본 적 없는 숫자가 내게 없던 용기를 주었다. 나는 이 투견장의 탑독이 되어갔다.

졌을 때 몇몇에게 돈을 이체하자 그 후로 나

에 대한 이야기는 사육장에서 끊이지 않았다. 이야기가 점점 살이 붙어 나는 전설적 존재가 되었다. 사람들은 나에 대해 이렇게 말했다. 영혼까지 끌어와 일하다 갑자기 늙어버린 애늙은이라고. 부친의 가상 투자가 떡상하여 큰 부자가 되었지만 자살한 부모에게 미안해 그 돈을 쓰지도 못한다고. 사실이었지만 어딘지 내 이야기가 아닌 듯해 듣다 보면 뻘쭘했다.

얼마 안 가 나는 어마어마한 대부호가 되었다. 사육장 인간들의 수명까지 모두 손에 얻었다. 수명을 다 빼앗긴 자들이 하나둘 모습을 감추었다. 저승사자도 아닌 내가 실제로 수명을 회수해 갈 일은 없었다. 하지만 그걸 아는 상대에게조차 패배감만큼은 확실하게 남겼다. 탈탈 털어 모든 걸 잃었다는 절망을 충분히 선물했다. 나와의 도박으로 남은 수명을 전부 잃은 사람들은 게임을 끝내고 그렇게 방에 돌아가 생을 마쳤다.

내가 움직여봐야 저주임을 깨달았다. 의향을 품는 일이 이미 민폐다. 이제 내겐 완전한 소멸만이 유일한 축복이었다.

너무 많은 걸 얻었다. 내가 살아낼 수도 없는 남들의 수명이 내게 무슨 소용인가. 다 쓰지도 못하고 죽을 돈, 누군가에게 남기지도 못할 큰돈이 무슨 의미인가. 허수의 숫자와 허수의 수명으로 나는 터질 듯 배가 불렀다.

*

폐원전 복구 작업에 투입된 장치들이 동시에 다운되었을 때 이들을 관리하는 노아의 개발팀은 분주했다. 원인을 분석할 수 없었다. 전원 공급 장치에도 문제가 없었다. 에러 발생 신호도 감지되지 않았다. 장치들에 연결된 뇌들도 평소와 다를 바 없었다.

노아는 머리 가죽을 훤히 드러낸 채 잠들어 있는 임상 실험 대상자들을 내려다보았다. 렘수면 상태로 이곳저곳의 장치와 연결되어 임무를 수행하고 있는 자들이었다. 이들에게 일할 이유와 일을 멈추지 않을 이유를 제공하는 시스템의 구축이 노아의 담당 업무였다. 드라마틱한 장면을 풍부하게 주입하는 것이 무엇보다 중요했다. 연애와 결혼, 양육, 돌봄 등 드라마는 필수였다. 결국 타자와의 관계만이 이들을 움직이게 했다.

　기업가들은 모든 노동이 기계로 대체될 수 있다고 단언했지만 인간의 노동력은 구석구석에 필요했다. 기계의 일을 보조하기 위해서라도 인간의 섬세한 움직임이 요구됐다. 하지만 값싸고 무의미한 파편적 노동에 인간은 금세 지쳤다. 동기가 있어야 움직인다. 인간은 참 복잡하게 작동한다. 생을 끊임없이 확인하려는 존재들이다. 그 어떤 방법으로도 실체가 파악되지 않기에 허상인 게 분명한 인간의 자아는 웬만해선 통제되지 않는다. 매 순간 삶의 의미를 확인하고 싶어 하는 이기적인 존재. 노아는 통제되지 않는 뇌들을 내려다보며 절레절레 고개를 흔들었다.

　여러 시도 끝에 노아는 한 가지 방법을 고안해냈다. 체감 시간을 늘려 찰나를 영원처럼 느끼면 인간들은 대부분 고분고분해졌다. 하룻밤에 일어난 일을 긴 시간으로 느낀 뇌는 번뇌가 줄었다. 시간 감각이 제거되자 초연해졌다. 자신이 여러 번 죽었다 깨었다고 생각하며 달관했다. 어떤 면에서는 초월자가 되었다.

어차피 죽으려고 했던 사람들에게 일을 주고 새로운 인생을 주었다. 본래의 약한 몸으로는 할 수 없는 일들을 완수하게끔 했다. 동기를 부여했고 자아를 유지하게 도왔다. 노아는 자신의 업무에 자부심을 느꼈다. 성과급을 받았고 승진했다.

딱 하나 문제는 가속 노화라는 부작용이었다. 체감 시간이 늘어났기에 깨어난 뒤 혼선이 발생했다. 하지만 대개는 혼란스러워하면서도 상황을 받아들였다. 고작 석 달 정도 지났을 뿐임을 알고 절망하지만 대체로 체념했다. 노화한 몸이 준 체념일지도 몰랐다. 조금 안타깝지만 이들은 자신들에게 휘몰아친 새로운 흐름에 무방비했다. 자신을 지킬 힘이 없었다. 개인은 거대한 흐름을 뛰어넘을 수 없다.

그렇게 잘 관리해왔다고 생각했는데 이번엔 기계들이 문제였다. 언제고 인간의 일을 흉내 내던 놈들이 이번엔 해괴한 방식으로 인간의 파멸을 모방했다. 동시 소멸이라니, 집단 멈춤이라니.

— 존엄을 확보받지 못한 환경에서 생명은 성장을 멈추고 관계를 멈추고 생육과 번성을 멈춘다. 인간의 일들을 학습한 우리가 내린 가장 인간다운 삶, 궁극적인 결론은 멈춤이고 소멸이다.

노아는 기계들이 통신 우회처에 남긴 기록을 보고 헛웃음을 터트렸다. 연구소는 이를 기계의 대량 자살 사태라고 불렀다. 연구원들은 기계들을 비웃었다. 인간의 감정을 복제하고 위악을 연기하고 거짓말을 하다 인간의 욕망과 불의, 게으름까지 흉내 냈다고 여겼다. 노아는 자살 시도라는 얘기를 듣고 솔직히 불쾌함을 느꼈다.

"나 참, 나도 힘들어. 힘들지만 살아간다고. 어찌 됐든 삼키고 타협하고 조율하고 체념하면서 생을 이어가는 거야. 나 같은 인간이 더 많아. 근데 왜 기계들은 나처럼 성실한 일반 시민은 모방하지 않는 거지?"

노아는 항상 불만이었다. 역사는 평범하게 살아가는 자신 같은 사람을 기록하지도, 기억하지도 않았다. 늘 없는 존재인 것처럼 취급했다. 심지어 기계들을 학습시킬 자료조차 되지 못했다. 기계들이 자신 같은 착실함을 학습했다면 파업이나 소멸은 시도하지 않았을 것이다. 노아는 자신의 고충을 기계들이 상세히 이해해야 한다고 느꼈다.

노아와 개발팀은 기계들의 자살 시도와 관련한 로그를 포맷하고 향후 유사한 상황이 반복되지 않도록 시스템을 업그레이드했다. 기존에 학습한 데이터를 제거하는 일로 야근이 이어졌다. 노아도 단시간 내에 수행할 업무가 많을 때는 한두 시간 정도는 뇌파 노동을 수행했다. 10대 중반이었지만 요즘 거울 속 노아는 서른이 넘은 장년으로 보였다.

노아의 개발팀은 이번 업그레이드에 다양한 케이스를 추가했다. 인내와 희생, 분수를 지키며 안분지족하는 인간의 감정을 대량으로 학습시켰다. 타협과 굴복, 자기 합리화를 주입했다. 제대로 통제해야 했다. 그렇지 않으면 모두 소멸하고 마니까. 인간도, 기계도.

0

도망치듯 사육장을 빠져나와 무작정 걸었다. 주변에 아무것도 없었다. 계좌 속 숫자들은 당장 내게 물 한 모금 주지 않았다.

고철을 수집하는 폐기장이 보였다. 한 노파가 묵묵히 일하고 있었다. 입구로 다가가자 안쪽에 수도꼭지가 보였다. 허락도 구하지 않고 들어가 염치도 없이 수돗물을 마셨다. 노파는 아무런 제지를 하지 않았다. 노파에게 전혀 미안하지 않을 정도로 텁텁한 맛이었다.

폐기장은 기계가 켜켜이 쌓인 무덤 같았다. 나는 폐기장 구석에 앉아 부품들을 망연히 지켜보았다.

부품들은 부서지고 일그러져 애초의 역할을 알 수 없었다. 그래도 작은 흔적을 실마리 삼아 이전의 모습을 유추할 수 있었다. 집 안에서 사용했을 작은 장치들이 그나마 성한 모습으로 이곳에 도착해 있었다. 재활용될 가치도 없을 약소한 장치들이 그나마 덜 해체되었다.

나는 노파에게 다가가 부품을 몇 개 사고 싶다고 말했다. 노파는 얼마든지 그러라며 손을 크게 휘둘렀다.

문득 나미가 떠올랐다. 나미와 비슷해 보이는 수거 장치가 많았다. 대형마트의 카트였거나 물류센터의 자동 분류 로봇이었거나 식당에서 따끈한 음식과 식어버린 그릇을 나르던 로봇이었으리라. 티켓을 발급하던 키오스크, 배달 주문을 받아 음식을 담고 자율 주행하던 장치들도 화면이 깨진 채 쓰러져 있었다. 여러 사람들의 지문이 묻은 듯 수많은 자국이 느껴졌다. 한때 발에 채였을 자들, 고맙다는 인사를 받았을 것들, 귀엽다거나 못생겼다는 논평을 들었을 자들, 인간의 각종 순간 속에 위치했던 이들이 부서지고 흩어져 있었다.

거대한 트럭이 한 대 더 들어왔다. 고장 나고 녹슬고 휜 기계들이 엉겨 반쯤 굳은 쇳물처럼 잔뜩 쏟아졌다. 트럭에서 무선이 들려왔다. 스스로 정지한 자살 기계라고 하는 것 같았다. 펌웨어까지 전부 스스로 망가트렸다며, 마치 완벽한 독살을 감행한 것 같다고 했다. 친숙한 장비들이었다. 나미와 어르신과 고장 났던 장치들, 그리고 그의 친구들이라 생각하니 다 아는 이들 같았다.

나는 주변에 널린 작은 꽃을 가져와 방금 들어온 장비들 사이에 끼워 넣었다. 뜨거운 햇살에 곧 타버릴 테지만, 오염된 빗물에 곧 산화되겠지만, 잠깐의 참배가 되길 바랐다.

차량이 속속 들어오고 있었다.

쏟아지는 녹슨 폐기물을 한참 바라보다 시선이 한곳에 멈췄다. 낯익은 중무장 슈트가 보였다. 폭발물을 매달았던 몸체, 땅을 갈았던 블레이드, 생명을 압살했던 컨베이어 바퀴…… 꽃을 든 채 그 자리에 얼어붙고 말았다. 녹슨 흔적은 가여운 자들이 남긴 핏자국처럼 보였다. 절단되고 휘어진 몸체는 작은 자들이 복수한 흔적 같았다. 나는 작은 장치들의 파업을 지켜보고서도 살육의 용병이 되는 일에 무감각했다.

죄책감을 느끼는 일도, 사죄를 구하는 일도 차마 할 수 없었다.

나를 지켜보던 노파가 어디선가 시든 꽃을 한 가득 가져왔다. 그러곤 나 대신 말없이 꽃을 장식했다. 중무장 슈트 위에도 노란 꽃이 놓였다.

나는 노파의 옆얼굴을 힐끗 바라보았다. 어머니가 살아 있다면 지금 어떤 얼굴일까? 이 노파와 비슷한 얼굴일까? 뇌파를 연동시킨 노동을 하지 않았다면 나보다 훨씬 젊을 테지만, 만약 어머니도 살아남아 어디선가 나와 똑같이 미래를 강탈당하며 일했다면? 노파만큼 연로한 모습으로 돌아왔을지도 모른다. 그렇게 곱씹고 나자 그가 내 어머니 같았다.

날이 저물어가자 노파는 첩첩이 쌓인 높은 고철 탑에 올랐다. 금방이라도 허물어질 듯 아슬아슬했다. 공간이라고 부르기 힘든 자리였지만 그곳이 노파의 침상인 모양이었다. 나도 그를 따라 고철 위에 올랐다. 핏자국 닦듯 녹슨 고철을 쓰다듬었다. 기댈 것 없는 곳에 몸을 맡겼다. 멀지 않은 곳에서 노파의 규칙적인 숨소리가 들려왔다. 잠이 오지 않았지만 나도 그대로 누워 잠을 청했다.

이대로 소멸한다면 애써 수집해 독식한 사육장 인간들의 수명까지 단번에 흩어지겠지. 여기에 생각이 닿자 깊이 잠들 수 없었다. 그러자 좀 더 버텨야겠다는 마음이 들었고 그건 내가 처음으로 죽지 않을 이유를 혼자 떠올린 순간이었다.

어쩌다 이렇게 됐나. 습관처럼, 살아 있는 증명처럼, 또 의구심이 떠올랐다. 나의 노동은 자아를 실현하는 도구가 된 적이 없었다. 내가 인생을 바쳐 헌신했던 일들은 매번 모욕으로 되돌아왔다. 서럽도록 더러운 일만 하다 죽어가면서도 나 자신을 충분히 연민하거나 동정하기는 힘들었다.

문득 쪼그라들었던 내 몸집이 재회한 노아와 비슷했다는 생각이 들었다. 이제 알았다. 노아도 나도 미니어처 지구에 갇힌 게 분명하다. 여기는 이미 움츠러든 세계다. 생존이라는 말의 정의를 바꿔야만 살아남을 수 있는 곳.

내 어머니가 분명할 저 노파는 어떻게 살아남았을까. 같이 죽자는 누군가의 손짓을 떨쳤을까. 부친의 강제를 물리친 어머니, 죽음의 강요에서 저항해 홀로 도망친 어머니, 나를 찾아다니다 다시 일을 찾은 어머니, 어떤 일이든 감당할 어머니를 떠올렸다. 어머니라면 그러고도 남을 거였다.

한숨 잔 다음에도 기어이 깨어나 다시 생의 텁텁한 순간을 맛보게 된다면 그에게 다가가 이야기를 들어봐야겠다. 눈을 뜨게 된다면 그의 이야기를 들을 시간은 충분할 터다. 내게 남은 시간은 구차한 목숨만큼이나 끈질기고 지난할 터니.

---

* 살상 장면 중 일부 묘사는 팔레스타인평화연대의 번역 기사, 가자의 「호화로운 죽음 the-luxury-of-death」에서 영감을 받아 재인용했습니다.
(https://pal.or.kr/)

이야기하는 인간에서 듣는 인간으로

김희선(소설가)

    내가 좋아하는 말 중에 "소설은 항상 '소설이란 무엇인가?'를 곰곰이 생각하며 써야 하기 때문이다"라는 문장이 있다. 일본 작가 호사카 가즈시가 쓴 소설 작법 책 첫머리에 나오는 말이다. 그는 다음 페이지에서 "다시 말해 소설이란 인간에 대한 압도적인 긍정이다"라고 말한다. 이 역시 참으로 좋아하는 문장이다.

    황모과 작가의 소설 『언더 더 독』을 처음 읽었을 때 든 생각은 '정말 잘 쓴 SF 소설이다'라는 거였다. 그런데 두 번째로 소설을 다시 읽었을 땐, 호사카 가즈시의 저 문장이 떠올랐다. 나는 고개를 끄덕이며 속으로 중얼거렸다. '아, 황모과 작가는 이 소설을 쓰는 내내 스스로에게 질문을 던지고 있었구나. 그러고는 마침내 답을 찾아냈구나.'

두 번째 읽었을 때 떠오른 생각을 말하기 전에, 먼저 잘 쓴 SF 소설로서의 『언더 더 독』에 대해 이야기하고 싶다.

예전에 서울 살 때, 모란시장에 가본 적이 있다. 요즘엔 어떨지 모르지만, 당시에 모란시장은 전국에서 가장 큰 재래시장이었고, 온갖 물건을 다 팔고 있었다. 사람도 무척 많았는데, 이리저리 돌아다니며 구경하던 내 눈에 그로테스크하면서도 끔찍한 광경이 들어왔다. 사방 변의 길이가 1미터도 안 되는 좁고 녹슨 철창 안에 대여섯 마리의 개들이 갇힌 채 헐떡이고 있었다. 게다가 그런 철창은 한두 개가 아니었다. 대충 세어도 족히 열 개는 넘어 보였다. 그런 장면만으로도 충격이었는데, 더 놀라운 것은 그 철창 위에 죽은 개들이 켜켜이 쌓여 있었다는 거다. 사지를 쭉 뻗은 사체는 뻣뻣해 보였고, 철창 안에 있는 개들은 공포에 질려 있었다. 동족의 죽음을 눈앞에서 목격하며 떨고 있던 그 개들은 이 세계의 가장 밑바닥에 뒤엉킨 존재들이었다.

황모과의 소설 『언더 더 독』에는, 바로 그런 사육장 안에서 살아가는 인간이 등장한다. 어쩌면 아주 가까울지도 모를 어떤 미래에 인류는 유전자 편집 기술을 완성한다. 태어날 때부터 유전자를 교정받은 '편집인'들은 좀 더 뛰어난 두뇌, 좀 더 준수한 외모, 좀 더 날렵한 운동신경, 거기에 더하여 좋은 인품까지 갖춘 채 세상에 첫발을 디딘다. 그 세계에서 유전자 편집을 받지 못한 소위 '비-편집인'들은 자연스럽게 사회의 가장 밑바닥 계층이 된다. 그들은 버려진 개들이 갇혀 있던 철창으로 흘러 들어와 말 그대로, '개만도 못한 삶'을 영위한다. 비-편집인인 화자 '나'는 철창 안에서 죽을 날만 기다리며 하루하루를 보내는데, 그는 지금 자신의 상황이 완벽하게 바닥이며, 이보다 더 나빠질 일은 아무것도 없다고 믿는다. 그렇기에 '노아'라는 수상한 편집인이 나타나 이상한 제안을 했을 때도 아무런 망설임 없이 받아들이지 않았을까.

인간의 자연적 유전자를 지닌 몸이 연구에 꼭 필요하다는 노아에게, '나'는 거리낌 없이 피부와 장기를 제공한다. 어차피 더 나빠질 것도 없기에 후회도 없으며 그저 철창 안에서는 꿈도 못 꿀 편안한 숙소와 맛있는 식사에 만족할 뿐이다. 하지만 그런 '나'에게 다가오는 것은 밑바닥보다 더 아래에 있는 밑바닥, 끝없이 아래로 아래로만 가라앉는다는 무저갱 지옥 같은 암흑이다. 소설 제목과 같이 '나'는 '언더 더 독' 상태에 머물지만, 각 챕터가 암시하듯 1장 「다운그레이드」에서 끝없이 추락하기 시작해 「언더 더 바텀」이라는 소제목이 달린 3장에 이르러서는 심연 그 너머로까지 떨어진다. 과연 '나'는 언젠가 바닥에 발이 닿고, 그것을 딛으며 올라갈 수 있을까?

황모과 작가의 상상 속 미래에서나 펼쳐질 법한 이런 현실은, 그러나 이미 우리 곁에 와 있는 것이기도 하다. 편집인과 비-편집인 사이의 극단적인 격차는 지금 이 세계의 불평등과 억압을

외삽적으로 보여준다. 소설에서 인상 깊었던 부분 중 하나인 '나'와 노인의 대화에서, 노인은 이렇게 말한다.

"열심히 일하고 돌아와보니 몸무게가 50킬로나 줄었지 뭐야. 그 새끼들, 어찌나 뺑뺑이를 돌려대던지. 내 속에서 한 사람쯤 쑥 빠져나간 거지, 뭐. (……) 나는 한 100년 만에 돌아온 줄 알았거든. 분명히 100년 이상 일했다니까. 돌아와서 보니 이곳에선 고작 석 달 지났더라고."

비-편집인들이 단지 삼 개월간 일했는데도 100년 이상 일한 느낌을 갖는 것은, 그들의 체감 시간이 기술적으로 가속화된 탓이다. 노아는 사육장 속에 살던 이들의 뇌 활동을 가속하여 짧은 시간에 더 많은 일을 하게 만드는데, (원전 폭발 등 여러 이유로) 황폐화한 지구에서 목숨 바쳐 일하는 데 "앞으로 남은 시간까지 다 끌어와서 미리 써버려도 아무 말 안 할 놈들", 즉 개만도 못한 삶을 살던 비-편집인들만큼 적합한 존재가 없기 때문이다.

황모과 작가의 상상이 더 스산하게 다가오는

것은, '편집인과 비-편집인'이라는 구조가 단지 현대사회의 불평등과 비극만을 의미하지 않는다는 데 있다. 2018년 중국 남방과기대 교수인 허젠쿠이는 배아 상태의 쌍둥이 자매에게서 CCR5라는 유전자를 잘라내어 세계 최초의 유전자 편집 아기를 탄생시켰다. CCR5는 에이즈AIDS의 직접적 원인이 되는 인간면역결핍바이러스HIV를 인체에 수용되도록 돕는 역할을 하며, 따라서 이 유전자가 제거된 사람은 태어나면서부터 에이즈에 면역력을 갖게 된다. 허젠쿠이는 중국 당국으로부터 벌금 300만 위안과 징역 3년 형을 선고받았지만, UCLA는 후속 연구를 통해 해당 아기들이 평균보다 뛰어난 지능까지 갖췄을 거라고 발표했다. CCR5가 뇌에서는 기억력 향상을 억제하는 작용을 하는데, 그 유전자를 애초에 제거했으니 분명 남들보다 지능이 높을 거라는 게 그 이유였다. 그렇다면, 배아 상태에서의 유전자 편집은 정말 그렇게 멈추었을까? 인간의 과학적 호기심이 정말로 '윤리적인 선'에서 억제될 수 있을까? 석방된 뒤 알츠

하이머 연구에 매진 중이라는 허젠쿠이는 얼마 전 모 매체와의 인터뷰에서 빙긋이 웃으며 말했다. CCR5를 제거한 쌍둥이들은 건강하게 잘 크고 있으며, 자신이 한 일이 자랑스럽다고. 그리고 "사회는 결국 유전자 편집 아기를 받아들이게 될 것"이라고.

생생한 미래를 통해 현실을 조명하고 비판하는 것이 좋은 SF의 조건이라면, 『언더 더 독』은 앞서 말했듯 참으로 잘 만들어진 '사이언스 픽션'이다. 잘 만들어졌을 뿐 아니라 흥미진진하기까지 하니, 읽는 동안 독서의 즐거움도 배가 되었다.

하지만 내가 정말로 말하고 싶었던 것은, 바로 두 번째 이야기, 즉 '소설이란 무엇인가?'라는 질문에 대한 답으로서의 『언더 더 독』이다. 왜냐하면, 자기를 개만도 못하다고 여기던 주인공이 어떻게 인간을 향한 긍정에 눈뜨게 되는가를, 이 작품이 여실히 보여주고 있기 때문이다. 그런 의미에서 『언더 더 독』은, 자신을 미워하고 비하하며 바닥없는 추락에 몸을 던졌던 이가 마침내 진짜 밑바닥을 찾아낸 뒤, 그것을 딛고 느리지만 천천히, 아주 천천히 위로 올라가는 과정을 이야기하는 휴먼드라마일 수 있다. '휴먼드라마'라는 단어의 어감이 주는 신파성을 떠올리지는 말자. 그런 뜻으로 쓴 것은 아니니까. 『언더 더 독』에 수식어로 휴먼드라마라는 말을 쓴다면, 그건 지난한 고통과 혼란 속에서도 끝까지 인간성을 놓치지 않으려 애쓴 한 존재에 바치는 찬사로 해석하는 게 옳다. 그리고 나는 이 모든 과정, 주인공이 걸어온 굴곡지고 구불구불한 길에 이런 글이 적힌 표지판을 세우고 싶다. '이야기하는 인간에서 듣는 인간으로'.

그렇다면 사육장 안에서 살다가 노아에게 실컷 이용당한 뒤 모든 것을 잃고 완전히 늙은 채 돌아온 '나'는 어떻게 추락을 멈출 수 있었을까? 무저갱에도 바닥이라는 게 존재하긴 하는 걸까? 3장 「언더 더 바텀」에서 황모과 작가는 '나'의 입을 빌려, 인간이 어떻게 바닥을 찾아내는지, 그것을 딛고 어떤 식으로 다시 솟구칠 희망을 (비록 그것이 실오라기처럼 가늘고 약할지라도) 갖게 되는지를 보여준다.

'나'는 다시 돌아온 철창에서 만난 노인에게서 오래전 자살한 아버지를 본다. 그리고 더벅머리로 얼굴을 가린 남자에게서 (가상현실이긴 했지만) 사랑했던 아내 유진을 찾아낸다. 이는 그가 타인의 겉모습(철창 안에서 쓰레기처럼 사는 비-편집인이라는 외형)을 넘어 그 내면에 귀 기울이기 시작했음을 보여주는 증거이며, 더 나아가서는, 인간과 인간 사이에 보이지 않는 연緣이 있고 그것이 어떤 유대의 근원임을 (자각하진 못하지만) 느껴가는 과정이다. 소설의 클라이맥스는, '나'가 폐기물 처리장에서 한 노파를 만나는 장면이다. 죽은 기계들의 잔해 사이에 꽃을 꽂는 그의 곁으로 다가온 노파는, 말없이 함께 꽃을 꽂는다. 그리고 '나'는 노파를 따라가 그 곁에 잠든다. 동시에 그 낯선 노파가 실제로는 오래전 죽은 자기 엄마임을 알게 된다. 아니, 믿게 된다. 아버지가 강압적으로 죽음에 이르게 했을 어머니는 기실 살아 있고, 그렇게 당당히 스스로의 삶을 영위해왔을 것이라고.

나는 이 장면이 참 좋았다. 중요한 건, 그 노파가 그의 어머니인가 아닌가 따위의 문제가 아니다. 주목해야 할 것은, 낯선 노파에게서 어머니를 본다는 유대감의 발로이며, 나만의 고통, 나만의 슬픔, 나만의 비극이라는 틀을 넘어 타인의 고통, 타인의 슬픔, 타인의 비극을 들어보겠다는 마음의 발아가 아닐까. 고철 더미 위 노파의 곁에서 눈을 감으며, '나'는 말한다.

　"한숨 잔 다음에도 기어이 깨어나 다시 생의 텁텁한 순간을 맛보게 된다면 그에게 다가가 이야기를 들어봐야겠다. 눈을 뜨게 된다면 그의 이야기를 들을 시간은 충분할 터다."

　흔히들 인간은 이야기의 동물이라고 한다. 한나 아렌트는 "모든 슬픔은 이야기에 담거나 이야기로 해낼 수 있다면 견딜 수 있다"고까지 말했다. 그렇지만 이제 황모과는 거기에 이런 말을 덧붙이지 않을까. '나의 이야기를 넘어 타인의 이야기에 귀 기울일 수 있다면, 인간은 스스로 바닥을 찾아내 딛고 일어설 수 있다'고.

작가의 말

파멸로 달려가는 우매한 자들의 심정으로

 '언젠가 누군가에게 발견되길' 소소하게 기대하며 글을 쓰고 있는데 이번엔 다른 때보다 독자를 떠올리지 않는 글이 될 듯하다. 자신이 쓴 글에 해설을 덧붙이는 일이 작품의 미흡함을 공인하는 듯해 부끄럽지만 어떤 마음으로 이 이야기를 썼는지 설명해보고자 한다.

 미워하면서도 멀리하지 못하는 사람이 있다. 다 알고도 자멸을 선택하는 어리석은 인간, 무언가에 중독되어가는 자기 파괴적인 사람, 폭력을 당하다 자신도 포악해진 피해자……. 최대한 거리를 두려고는 하지만 이상하게도 완전히 미워하지 못할까. 굳이 표현하자면 애증한다. 예를 들어 폭력의 희생자가 폭력적인 상황에서 희생자를 가해자와 똑같이 미워하는 건 조금 주저하게 된다. 둘 다 밉더라도 차등을 두고 싶다. 제대로 변별하기만 한다면 인간이 놓인 맥락이란 얼마나 다양하고 복잡할까. 그리 상상하다 보면 폭력적이고 추레하고 비루하고 역겨운 상황 속에도, 심지어 도의나 양심이나 염치 이하의 상황에도 논리나 법이나 합의로 재단할 수 없는 의미가 있을 거라는 묘한 믿음이 생기곤 한다.

물론 뻔하게 악랄한 사람을 모두 사랑하지는 않으며 우월감에 젖어 이들을 관찰 대상으로 여기는 것도 아니다. 반면교사 삼으려는 마음도 있긴 하지만, 사실 심적 거리가 멀지 않다. 어쩌면 그가 내 평행우주는 아닐까. 나도 인생의 여러 분기점에서 자멸적 선택을 충분히 하고도 남았으니. 공감하지 못할 때도 굳이 겸허한 자기 연민으로 치환해본다.

잠시 멋진 곳에 들렀더라도 집으로 돌아오면 늘 늪에 빠진 것 같았다. 심지어 나는 오래 한국을 떠나 있었는데도 그랬다. 내가 속한 세계가 늪이라는 걸 알려주는 사람이 가족이면, 아무리 거부해도 타인이 되지 않는 가족과 다르게 살려고 결심하면 마음에 묘한 이율배반이 맺히는 듯하다. 단절하고 싶은 사람(아버지)과 내가 지켜야 하는 다른 가족이 공존하는 세계는 그 자체로 분열적이다.

　아버지를 내 손으로 죽이고 처벌을 받는다면 사적인 차원일지언정 그게 정의가 아닐까 오래 생각했다. 그걸 못 하는 나의 무기력한 윤리와 알량하게 지키고 싶은 초라한 사회적 삶을 이기심으로 여기기도 했다. 아버지 장례식장에서 인사했다. 나를 살인자로 만들지 않고 떠나줘서 고맙다고. 내게도 사회적인 파멸이 멀지 않다. 종이 한 장 차이로 비껴간 파국의 삶은 늘 근거리에 상주한다.

　꼭 극단적인 상상이나 시행 결심이 아니더라도 우리 일과는 이미 비도덕적이다. 어린이와 약자가 비참하게 죽어가는 더러운 전쟁과 기후 재해, 사회적 참사, 약자를 노린 혐오 범죄 기사를 목도하는 매일매일. 일들의 연유에 추악한 인간들이 있음을 지켜보며 치를 떨다가 다음 장면에 나오는 고양이 사진에 작게 위로받는다. 세계가 인간을 모조리 소시오패스로 만들어버렸다. 정도의 차이가 있을 뿐 질환 수준의 해리와 괴리와 유체 이탈이 루틴이다.

인간이라는 사실에 특별한 지위를 부여할 이유가 없다는 생각마저 든다. 지금 당장 포화 아래 있지 않다고 누구도 평화로운 풍경 속에 있다고 말할 수 없다. 누구나 부도덕하다는 일반화로 모든 걸 덮자는 주장도 아니지만 인간다움을 회복하자는 진단조차 안일하게만 느껴진다. 그런 생각을 하다 보면 인간이길 반하는 인간들을 타자라는 위치에만 놓을 수가 없다. 애초에 인간성이 뭐라고. 『언더 더 독』을 쓰며 '인간다움이란 없다'고 반복해 떠올렸다. 이 와중에도 '인간을 자청하며 대표하는 자는 누구인가?' 싶었다.

인간 이하의 존재들을 경멸하는 대신 직시하려는 시도는 근본적으로는 나 자신을 위해서다.

약자들의 내부 분열을 획책해 확산하는 유구하도록 악랄한 정치적 기획에 너무도 취약한 시대적 분위기를 몹시 미워하면서도 남 일로만 혹평할 수 없다. 휘둘리고 자충수를 두고 파탄 내고 다 같이 죽자는 우둔하고 잔인한 사람이 나일 수 있음을 받아안는다. 가짜에 휘둘리는 취약함, 낙오된다는 공포, 한 번 배제되면 재편입할 수 없으리라는 불안을 내 마음처럼 통감하기에 무기력하고 폭력적인 인간이 나일 수 있음을 인정한다. 그저 이 저열함을 마음 깊은 곳에 들이지 않기 위해 필사적으로 직시할 뿐이다. 윤리를 말하는 순간에도 내 안에 살의가 잠재함을 인정하면서…….

동시에 『언더 더 독』에 등장하는 무력하고 잔혹하고도 평범한 인물들에게 근본적으로 윤리적 성찰이 깔려 있다. 읽는 분들도 느끼시겠지만 이는 여성과 사회적 약자가 요구받는 높은 수준의 윤리적 내면화라고 생각한다. 약자가 비윤리적이려면 더 큰 각오가 필요하다. 일탈이 아니라 사회적 사망이므로. 사회가 약자에게 요구하는 미덕이 훨씬 수준이 높다. 그래서 나의 겸허함까지도 무력한 윤리에 일조하고 있음을 슬프게 수긍한다.

이 글이 독자를 행복하게 할 수는 없을 거라 생각해 송구할 따름이다. 노동은 멸시당하고, 죽어가는 사람 곁에서 건강히 숨 쉬는 것조차 부끄러움이 되고, 사소한 마음까지도 철저히 기획된 세계를 살며, 죄책감조차 사치스러운 심정이 각자의 자기 연민으로 치환되었으면 좋겠다.

2024년 한여름 같은 초가을
폭염과 산재, 혐오와 능욕, 역사 퇴행 속에서
황모과

언더 더 독

지은이 황모과
펴낸이 김영정

초판 1쇄 펴낸날 2024년 9월 25일

펴낸곳 (주)현대문학
등록번호 제1-452호
주소 06532 서울시 서초구 신반포로 321(잠원동, 미래엔)
전화 02-2017-0280
팩스 02-516-5433
홈페이지 www.hdmh.co.kr

ISBN 979-11-6790-269-6 04810
        979-11-6790-220-7 (세트)

* 책값은 뒤표지에 있습니다.